嫌われたいの
2
~好色王の妃を全力で回避します~

主な登場人物
ルイーゼ・クレーマン
宰相の娘で侯爵令嬢だが、実は乙女ゲームの世界に転生している。お菓子作りが好きで、幸せな未来のためにできることはすべてやる前向きな性格。
アルフォンス・ルーデンドルフ
ルーデンドルフ王国の王太子。光り輝くような美貌を持ち、モテすぎて逆に女性に対して不信感を抱いている。
ローレンツ・バルテル
ルーデンドルフ王国の騎士。立ち居振る舞いは脳筋騎士を思わせるが、言葉遣いは紳士的で、そのギャップが人気。

オスカー・クレーマン
ルイーゼの弟。姉の香水とケバい化粧にはうんざりしている。
モニカ・トレンメル
学園に転入してきたゆるふわ系の美少女。外見は清楚だが、中身はかなりの肉食系女子。
ジークベルト・マインハイム
マインハイム王国の第二王子で、留学生としてルーデンドルフ王国に滞在。
テレージア・マインハイム
マインハイム王国の第三王女。ジークベルトと同様に、留学生としてルーデンドルフ王国に来ている。

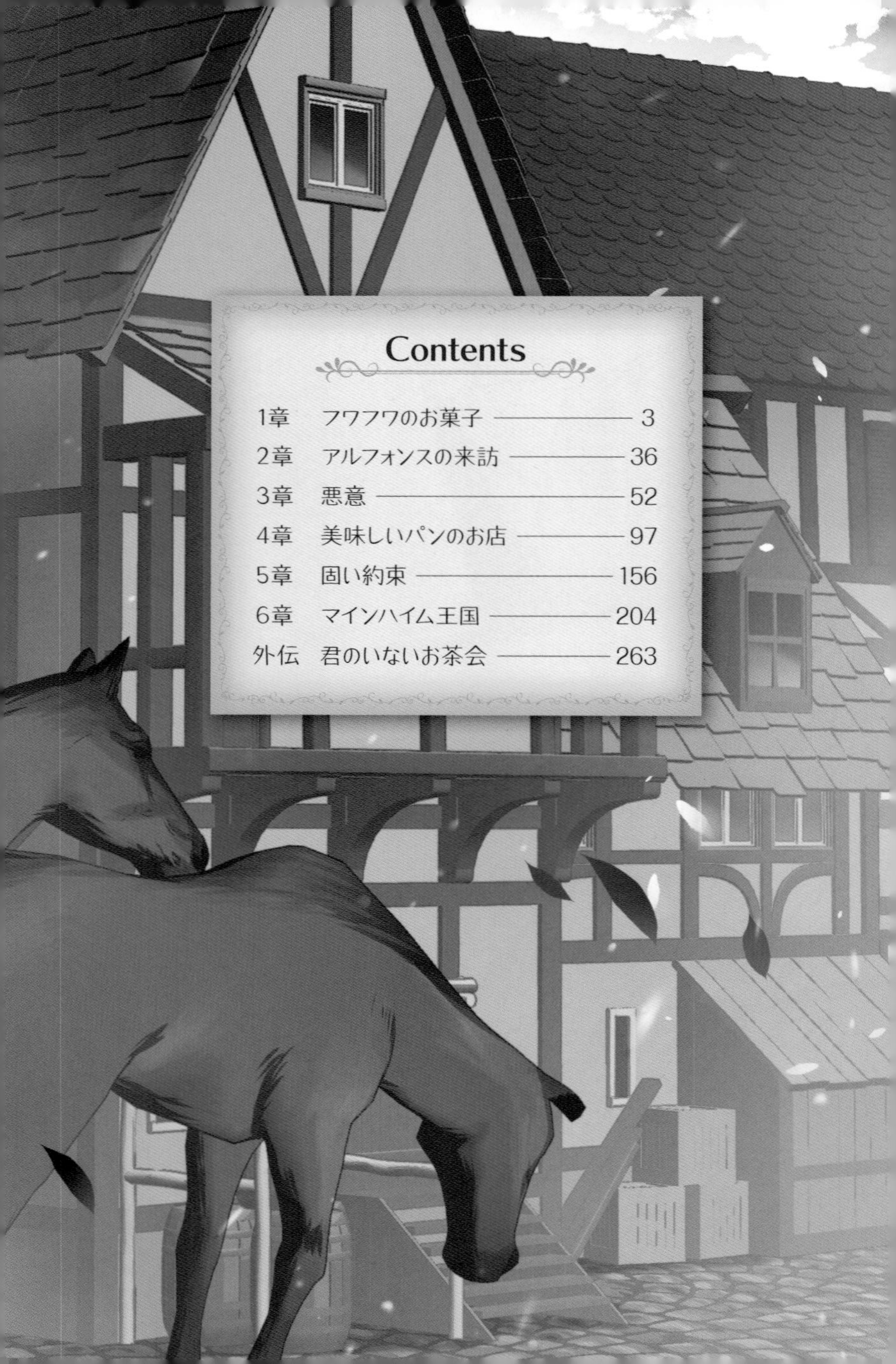

Contents

嫌われたいの 2

～好色王の妃を全力で回避します～

春野こもも

イラスト
雪子

これまでのあらすじ

金の縦ロールと薔薇の香りを武器に、アルフォンス殿下の心を射止めようとするクレーマン侯爵家の長女ルイーゼ。

転んだ拍子に前世の記憶を取り戻し、今の世界が乙女ゲーム『恋のスイーツパラダイス』の舞台であるルーデンドルフ王国であり、ゲームの通りであれば不幸な王妃か、婚約破棄のち国外追放の未来が待っていることに気が付く。

側妃が10人もいる上に、大好きなアルフォンスから愛されない王妃なんて絶対にイヤ！

そう考えたルイーゼは婚約者に選ばれないよう、派手な化粧をし、嫌われる努力を始める。

ゲームのヒロインモニカの登場で、アルフォンス攻略ルートから外れた安堵と寂しさを覚えるルイーゼは、モニカと衝突しながらも趣味のお菓子作りを通じ学園生活を楽しむ。

一方のアルフォンスは最初こそ派手に装うルイーゼを毛嫌いしていたが、階段から落ちた際に身を挺して助けようとした事実を知り、その本質が変わらず心優しい少女であったと悟る。

ある日ルイーゼが兄オスカーの友人ギルベルトや製菓クラブのメンバー、リタと魔道具である冷蔵庫の開発について話していると、アルフォンスが仲の良さに嫉妬して現れた。驚くルイーゼに、アルフォンスは喜んでくれることを期待し「クッキーのお礼を持っていく」と告げた。

1章　フワフワのお菓子

◇幻の妖精

クッキーのお礼のためにアルフォンスさまが我が家へ来るのが1週間後となった。アルフォンスさまはいろいろとお忙しいらしく、オスカーによって伝えられたメッセージによると「予定を大急ぎで片付けてなるべく早く行くから待っていてほしい」ということだった。

私に会いに来るわけではないと分かっているのに胸がときめいてしまう。「喜んでどうする」と自分で自分に突っ込みを入れたのはオスカーには内緒だ。

そんなある日の放課後、製菓クラブの活動中にカミラが哀れむような眼差しを私に向けてきた。なぜか最近カミラにそのような目で見られることが多い気がする。

私の顔をじっと見たあとカミラが小さく溜息を吐いた。

「ルイーゼ、昨日の貴女のことが学園で噂になってるみたいなのよね」

「へっ？」

昨日——雑巾の水を浴びせられて保健室でシャワーを借りた。そのあと濡れてしまったジャケットの代わりにカミラのスモックを借りて学舎内をウロウロしたのは記憶に新しい。

「正確にいうと、噂の少女がルイーゼだということだとはまだ知られていないわね。『あの謎の美少女は誰だ』的な？」

「謎の美少女……誰？」

言葉の意味が分からずに疑問符を飛ばしまくっている私に、カミラが肩を竦めたあと2度目の溜息を吐いて苦笑した。

「本当に無自覚なのね。貴女のことよ。昨日やたらと他の生徒に見られてたでしょ？」

「ええ……」

「あれは貴女がスモックで学舎内を歩いていたからでも貧相だからでもないわ。無自覚のようだけどルイーゼの素顔はとっても可愛らしいのよ」

「まだまたぁ」

右手を左右に振って笑い飛ばす。――カミラったら冗談ばっかり。美少女っていったらリタのような子のことをいうのに。

そんな私を見て呆れたようにカミラが3度目の溜息を吐く。

「ふう、まったく。私の主観でいえばこの学園に貴女くらい容姿の整った女性は少ないと思うわよ。しかも昨日はトレードマークの縦ロールもなかったから誰も貴女だと気付かなかったみたいで、あの妖精のような少女は誰なのかって朝教室で質問攻めにあったんだから」

「え……」

妖精？　私が？　――一体誰それ的な気持ちが湧き上がって、可笑しくてこっそり心の中で吹き出してしまった。

そんな私の心中を見透かしたかのごとく肩を竦めたカミラに慌てて謝罪する。質問攻めなんて面倒くさいことに巻き込んでしまったのに私ったら。

「ご、ごめんなさい。それでなんて答えたの？」

「体が弱くて滅多に学校に来ない子だし人見知りが激しいから名前は教えられないって答えたわ」

「そう……。ご迷惑をおかけしました」

「フフッ、いいのよ。なんだかワクワクするし。『幻の妖精姫は誰だ！』みたいな？」

悪戯っぽく微笑むカミラに対して感謝の気持ちでいっぱいになった。カミラの協力がなければきっと昨日の危機も乗り越えられなかっただろう。

それにしても素顔の自分が他人から妖精のようなどという評価を受けているとは知らなかった。縦ロールと化粧がなくなっただけでそんなに印象が変わるものなのだろうか。――うん、変わるよね分かります。

ふと調理室に漂う甘い香りによって噂話の件がググッと頭の片隅に寄せられて、代わりにたくさんの美味しいお菓子で頭がいっぱいになってしまった。

ようやく楽しいお菓子作りの時間がやってきた。製菓班の皆が揃ったところで、今日は何を作るのかとワクワクしながらカミラの言葉を待つ。

「今日の課題はどうしようかしらね。誰か提案したい人はいるかしら?」

カミラの声かけに後ろのほうから恐る恐る手を挙げる少女がいた。か細い声で名乗りを上げるも小さすぎてあまりよく聞こえない。

「はい……」

「あら、ニーナ。どうぞ」

手を挙げた少女はニーナ・フェルステル——フェルステル子爵家の令嬢だ。同じ16歳で、私と違ってとても控えめでおしとやかな令嬢だ。

背中ほどの長さの栗色の髪は綺麗な編み込みのハーフアップにされていて、同色の瞳はくりっと丸くて大きい。全体的に小柄で、体つきはちゃんと食べているのか心配になるほど華奢で儚げだ。まるでリスのように可愛らしく、女の私ですら守ってあげたいと思ってしまう。

「あの……私はフワフワのお菓子が食べてみたいです。それでいて今まで見たことがないような……」

ニーナの言葉を聞いた製菓班の皆の視線が一斉に私に集まった。期待に満ちた皆の視線を受けて思わず苦笑する。『ああ、やっぱりそう来るよね』などと思いながらも課題について考えてみる。

フワフワのお菓子で最初に思いつくのはシフォンケーキだけれど、シフォンケーキは生クリームを添えたほうが美味しいと思う。冷蔵庫のない現状では生クリームをホイップするのが難しい。

あとはマシュマロなんかもフワフワだけど、ゼラチンがないと作れない。果たしてゼラチンというものがこの世界にあるかどうか甚だ怪しい。

頭の中に浮かんでは消えていくフワフワお菓子の中から最終的に私が選んだのは……。

「シュークリームはどうかしら?」

「「「シュークリーム?」」」

皆から向けられている眼差しが期待でキラキラと輝く。シュークリームは恐らくこの世界にはまだないお菓子だろうし、ぜひとも作ってみたい。前世で大好きだったシュークリームを思い出すとワクワクしてしまう。フシュウとした皮からはみ出さんばかりの甘いカスタードクリームがトロリとして……。シュークリームなら皆も気に入ってくれるのではないだろうか。

ただ懸念があるとすれば作業の難度がかなり高いことだ。けれどだからこそシュー皮が上手く膨らんだ時の達成感は言葉で言い表せないほどに大きい。

まず、素材は全て計量して常温に戻しておかなくてはいけない。小麦粉も予めふるっておく。まずはシュー生地作りからだ。

「まずお鍋に牛乳、バター、砂糖を入れて、強めの火にかけましょう」

ポイントは水分を飛ばし過ぎないこと――これに尽きる。だから全ての工程を手早くやらなければならない。お鍋の中心まで沸騰したらすぐに火を止めてふるっておいた小麦粉を一度に加え、ヘラで混ぜる。

「生地がひと塊になったら強めの火にもう一度かけて、鍋肌に小麦粉の膜ができるまで熱を加えるのよ」

生地を糊のような状態にするのが目的だ。膜ができたらすぐに火を止める。そして生地をボウルに移し、予め溶いておいた卵をまず少しだけ入れる。固まっている生地を切るようにしながら、再びひと塊になるまで混ぜる。混ぜたあと数回に分けて残りの卵を入れ、都度しっかりと混ぜ合わせなければいけない。

さて、ここで問題だ。この世界には絞り袋というものがないので生地を絞り出すことができない。代わりになりそうな蝋引き紙は熱に弱いので、熱い生地を絞るのには向いていない。ということで初挑戦になるけれどスプーンを使ってみよう。

「出来上がった生地をスプーンで使って天板に並べていきましょう。かなり膨らむから間隔をあけてね」

スプーンでやる場合は生地の中に余計な空洞を入れないように形をある程度整えなければいけない。もし歪になった場合はお湯で濡らした指で表面をならす。生地を冷やしてしまっては失敗してしまうので、この工程も手早く済ませる。

シュー生地をオーブンに入れたあと、カスタードクリーム作りに取りかかる。

バニラの香りのきいたカスタードクリームが個人的に好きなので、牛乳に砂糖を入れて加熱するときに予め開いたバニラの鞘と中の種を入れてみた。香りが立ってきたら火を止める。

それから冷ました牛乳を小麦粉に混ぜてから卵黄を入れ、だまがなくなるまで混ぜる。全体がしっかり混ざったら鍋に入れて強めの火にかける。焦げ付きやすいので常に混ぜ続けなければならない。

「鍋肌からクリームがはがれるようになってポコポコ泡が出てくるようになったら火を止めてね」

出来上がったカスタードクリームから甘いバニラの香りが漂ってきた。出来立てクリームをつまみ食いしたくなる衝動をグッと堪えている間に、どうやらシュー皮が焼き上がったようだ。

「シュー皮が焼き上がってもオーブンの扉をすぐに開けては駄目よ。急に冷ますと萎んでしまうの」

すぐにオーブンから取り出さないという注意点は、スフレ系の空気を多く含んだお菓子にも言えることだ。庫内の空気を急に冷やすと折角膨らんだ生地を萎ませてしまうという悲しい事態になりかねない。

とはいえ熱を通しすぎて焦げてしまっては元も子もない。場合によってはオーブンの扉を少しだけ開けるなどして庫内の温度を調整しなければならない。

上手く調整したのちにオーブンから取り出したシュー皮は無事に膨らんでいた。大成功だ。

一番心配していたデリケートな作業の成功に、ほっと胸を撫で下ろす。

無事に膨れたシュー皮を、クリームを入れるためにナイフで上下半分に切っていく。生地の外側にクリームが付かないように気を付けながら、切ったシュー皮の間にスプーンで先ほど作ったクリームを入れていく。

「さあ、出来上がりよ。シュークリームは今までで一番難しかったでしょう。でも要点を守れば必ず上手くいくから自宅でも作ってみてね」

「「はーい」」

製菓班の皆が出来上がったシュークリームを見てうっとりしたように溜息を吐く。バニラの甘い香りに包まれながら皆がシュークリームを見つめていると、突然調理室の入口の方から声

がした。

「いい匂いね。美味しそう」

「モニカさん⁉」

また強奪される——製菓班の全員が同時に同じことを予想しただろう。近づいてくるモニカさんに対して思わず身構えた。

◇罪深きこと

可愛らしい笑みを浮かべているモニカさんに対しては製菓班全員が警戒していた。というのもクラブ活動に参加していないにもかかわらず、出来上がったクッキーを強奪された過去のいきさつがあるからだ。

今日こそは取られてなるものかという気概が、この場にいる全員から伝わってくる。食べ物の恨みは根深いのだ。理不尽にも苦労して作ったお菓子を奪っていったモニカさんに、自ら進んでシュークリームをあげようとする者は1人もいなかった。

「私も食べたいから、それちょうだい」

ほらきた。——予想通りの言葉にカミラが口を開く。

「駄目よ。これは皆で一生懸命に作ったものなの。そんなに食べたいなら貴女も真面目にクラブ活動に参加したらいいじゃない」

「えー、だって忙しいんだもの」

相変わらず全く悪びれる様子がないモニカさんに冷ややかな視線が注がれる。一体何に忙しいのか分からないけれど、クラブの皆は毎日真面目に活動しているのだ。参加する意思がないならお菓子を貰いにくるべきではないだろうに。

モニカさんの言い分に呆れてしまって、返すべき言葉が見つからない。

「なるほど、こんなふうにお菓子を手に入れていたのですね」

なんと返そうか悩んでいたところで再び別の声が聞こえた。声のした方を振り向くと、こちらへつかつかと近づいてくるオスカーの姿があった。

そういえば昨夜、しばらくの間毎日一緒に帰るからクラブが終わるころに迎えに来ると申し出てくれたのだった。急に過保護になったオスカーに一体どうしたのだろうなどと疑問を感じたのを思い出した。

「オスカーさま……」

オスカーの登場に、誰が見ても分かるほどにモニカさんが狼狽えている。

けれどそんな動揺も束の間、オスカーを前にして傍若無人な小鬼から怯える小動物へと雰囲気を変えた。攻略対象者を前にするモニカさんを間近で見たのは初めてだけれど、あまりの変わり身の早さに若干引いてしまう。

「違うんです！　あまりに美味しそうな匂いに、少しいただけないかしらと思って皆さんに声をかけただけなんです……」

両手を胸の前で握り締めて紫紺の瞳を潤ませながら上目遣いで言い募るモニカさんに、オスカーはあくまで冷然とした態度を崩さない。

「そしてまたクッキーのときのように自分が作ったと言って殿下に食べさせようとするのですか？」

「え……」

予想外の指摘に驚いたのか、モニカさんの涙があっという間に引っ込んだ。蒼褪めていた顔色がもはや真っ白になってしまっている。

強奪されたあのクッキーの行方を今になって初めて知った。オスカーが以前モニカさんを腹黒いと言ったのはそんないきさつがあったからなのかと納得する。

モニカさんが傷ついたような表情を浮かべて言葉を詰まらせた。よもやオスカーにばれているとは思いも寄らなかったといった様子だ。

「以前貴女が持ってきたクッキーが、姉たちが作ったものだということは食べてすぐに分かりました。それを自分が作ったと言って殿下に食べさせようとしたことも」

「そんな！　あれは私が作ったものですぅ！」

懸命に言い募るモニカさんにオスカーが氷点下の眼差しを向ける。

「まだ言いますか……。貴女が持ってきたクッキーは姉のレシピでしか作れないものです。なんなら今皆が見ている前で同じクッキーを作って証明してはいかがですか？　作れたら先程の言葉を撤回いたします」

「そ、それは……」

モニカさんが縋るような眼差しで製菓班の皆の顔をちらちらと窺う。どうやら助け舟が出されるのを待っているようだ。

けれど冷ややかに見守る者、呆れたような目で見る者はいても、助けようとする者はいない。食べ物の恨みは恐ろしいのだ。

モニカさんは諦めたように俯いて涙をひと筋零した。

「ア、アルフォンスさまを喜ばせたかっただけなんですぅ……」

「なるほど。それで王太子殿下に虚言を呈したということですね。しかもそれを食べさせた。喜ばせたいだけなら素直に製菓クラブで貰ってきたと言えば済むのでは？　自分が作ったと言う必要はないですよね。王太子殿下を虚言で騙し食べ物を口にさせた行為は、不敬罪で連行されても仕方のない案件ですね」

「オスカーさま、どうか許してください。アルさまとオスカーさまと少しでもお近づきになりたくて……」

淡々と畳みかけるオスカーを前に、モニカさんは紫紺の瞳を潤ませ涙を溜めている。両手は胸の前で握り締められプルプルと震えている。

その姿だけを見れば庇護欲をそそられるものなのだろうけれど、モニカさんの本性を知っているだけに全く可哀想だとは思えない。オスカーの方にもやはり心を動かされた様子は全く見えない。

「モニカ嬢。先程の様子を見ていて分かったのですが、あのクッキーを貰ったのではなく無理矢理奪ったのではないのですか？　誰も進んで貴女にお菓子を差し出す者はいないようですよ」

「え……」

オスカーの言葉を聞いた製菓班の全員が何度も頷く。やはりクッキー強奪による怒りは予想以上に根深かったようだ。再びモニカさんが縋るような視線を周囲に向けたけれど手を差し出す者は1人もいない。

「折角この間殿下の前で追及せずにいてあげたのに、また同じようなことをするとは……。もはや看過できません」

「どうか、アルフォンスさまにだけは言わないでください。でないと私……」

モニカさんの目から驚くほど大量の涙が溢れ、次々に零れ落ちている。本当に悲しいのか演技なのか判断が付かない。だからといってモニカさんを庇おうという気持ちは全く湧いてこない。

オスカーがアルフォンスさまの前で追及しなかったのは、実のところはモニカさんのためでなく私のためだろう。そんなことをすれば私が作ったクッキーだとアルフォンスさまにばれてしまっただろうから。

こちらの都合は棚に置いて、さも一度見逃してあげたような言いかたをしているところがオスカーもなかなかに狡猾だと思う。

「それとちょうどいい機会なので、もう1つ貴女に言いたいことがあります」

そう言ったオスカーの周りの温度がさらに1、2度下がったように感じた。オスカーの眼差しは変わらず冷たい。そんなオスカーを前にしてモニカさんがビクビクと怯えている。

「貴女は昨日、姉に対して水をかけましたよね」

オスカーの言葉を聞いたモニカさんが肩をビクリと震わせて目を大きく見開いた。

「えっ……！　私がそんなことをするわけないじゃないですか！」

「では貴女は水を捨てたりはしていないと？」

「ええ、もちろんです！」

「おかしいですね。貴女がバケツに入った水を2階の窓から捨てるのを見ていた生徒がいるのですが」

「え……」

モニカさんが言葉を失う。目撃者がいるならもはや言い逃れはできないだろう。

「貴女はそれでもやっていないと？　なんなら目撃者を全員ここへ呼びましょうか？」

「ま、待ってください！　思い出しました。お掃除をしていたお水をうっかり2階から零してしまったのです」

「ほお、うっかり？　掃除は学園が専門職の者に依頼しているので学生自らやる必要はありませんよね」

「えっ……」

「しかも腰の高さよりも高い窓からうっかり零すものですかね。大量の水の入ったバケツを持ち上げて」

「それは……」

完全に論破されたことで、もはやなんと返していいか分からないといった様子でモニカさんが言葉を失いがっくりと項垂れている。

「貴女のやったことは退学になってもおかしくない。男爵家の令嬢が高位の貴族である侯爵家の令嬢に故意に危害を加えたのですから。それに加え王太子殿下に対する虚偽……。もはや情状酌量の余地はありませんね」

「そんな……」

「今から言う約束を守るならば、貴女のやったことは目を瞑りましょう」

オスカーの提案にモニカさんが俯けていた顔をバッと上げる。

「それはどんな……」

「今後一切姉には手を出さないと誓ってください。なおかつ二度と姉には接近しないように。そしてこのクラブにも退部届を出してください。誓いを破ったら貴女の家は無事では済まないと思ってください。もちろん殿下にも全て話します」

「……分かりました。誓います」

「では皆に謝罪を」

「ルイーゼさま、皆さま、ご迷惑をおかけして申し訳ありませんでした」

オスカーに促されたモニカさんがゆっくりと頭を下げた。それでも皆何も答えない。

ふと気付くと、頭を上げたモニカさんの視線が私へと向けられていた。その目にはどことなく掴み切れない感情が見えて不気味さを感じさせる。

謝罪を済ませたモニカさんが項垂れたますますごすごと調理室を出ていく。と同時に張りつめていた空気が一気に緩んだ。ほっと溜息を吐くオスカーに対して感謝の気持ちが溢れてくる。

「オスカー、ありがとう。なんだか安心したわ。何をするか予想できないモニカさんのことがちょっと怖かったの」

「いいえ、お役に立てて何よりです。もともとモニカ嬢の行動は目に余るものがあったので苦々しく思っていました。今回のことでこれ以上看過できないと判断したんです。出過ぎた真似をしてすみません」

ようやく表情を緩めたオスカーにカミラが微笑んだ。

「とんでもないですわ。オスカーさま、お陰さまでスッキリしましたわ。製菓班一同、モニカさんにどう対処していいか分からなくて持て余していましたの。心から感謝いたします」

「えっ……いや……」

カミラの笑顔とお礼の言葉を受けたオスカーが頬を染めた。そんなオスカーが可愛くて微笑ましい。折角だし私の分のシュークリームを功労者のオスカーに食べてもらおう。

「オスカー、これ食べてみない？　今日クラブで作ったお菓子なの。シュークリームっていうのよ」

「シュークリーム……」

差し出された皿にオスカーがゆっくりと手を伸ばし、1つとって口へと運ぶ。そしてモグモグと口を動かして飲み込んだ途端目を丸くして驚く。

「姉上、これは……。フワフワで中のクリームが甘すぎなくて……。すごく美味しい！」

「喜んでくれて嬉しいわ！」

美味しいと喜ぶ顔を見ると嬉しくなる。ふと思い出して、笑みを浮かべるオスカーに先ほどの話について尋ねてみる。

「それにしても目撃者なんていたのね？」

「いいえ、ハッタリですよ。複数いると言えば言い逃れできないでしょう」

ケロッとした様子で答えるオスカーに改めて感心する。さすがはオスカー、グッジョブ！

「私たちもいただきましょうか」というカミラの声とともに、製菓班の皆もそれぞれシュークリームを手に取り口にし始める。

「中のクリームがすごく美味しい！」

「なにこれフワフワ。初めての食感だわ！」

「ひと口食べるとフシューってなってクリームがトロリと広がるの。癖になりそう！」

皆の口から溢れ出る喜びの声にたくさんの幸せが詰まっている気がして、幸せな気持ちで満たされていく。

ふとアルフォンスさまのことを思い出す。

「オスカー、来週アルフォンスさまが我が家へいらっしゃるでしょう？」

「ああ、そういえばそうですね。面倒臭い……」

「え？」

オスカーが何かを呟いたけれど最後のほうがよく聞き取れなかった。

「それでね、今調理場の小麦粉が足りないのよ。いつも余分に使わせてもらってるから私が買って帰ろうかと思うの。帰りに街の食料品店へ寄りたいのだけどいいかしら」

「構いませんよ。僕もお供します」

本当は気分転換にちょっと街をブラブラしたいだけだったりする。オスカーと買い物についてやり取りしていると、突然ニーナのか細い声が割って入った。

「……あの、街へお買い物に行くなら私もご一緒していいですか？　ちょっと買いたい物があるので……。それにいろいろとお役に立てるかもしれませんし……」

「ええ、いいわよ。一緒に行きましょう」

「ありがとうございます！」

笑って了承すると、ニーナが恥じらうような笑顔を返してくれた。どうやら『妖精』はリタだけじゃなかったみたいだ。可憐な笑顔の眩しさに思わず目が眩む。

こうして帰りにオスカーとニーナと3人で買い物をしに街へ向かうことになった。

◇お買い物

侯爵家の馬車に乗って皆で食料品店へと向かう。時間帯が夕方というのもあって大通りは多くの人で賑わっていた。

普段は屋敷に引き籠っていることが多いので街へ出かけるのは本当に久しぶりだ。夕焼けに照らされた建物を馬車の窓から眺めていると、一番大きな食料品店の前に到着した。

馬車を降りて店に入ろうとしたとき、通りを歩いていた茶色の上着を着た若い男がオスカーにドンッとぶつかった。男はそのまま何も言わずに去っていく。なんだか嫌な予感がした。

「オスカー、お財布とか大丈夫？」

「財布ですか？　……チッ、やられたっ……！」

オスカーが懐を確認して悔しそうに唸る。

「まだあそこにいるわ！」

男の背中を見つけて指をさす。茶色の背中が人混みに紛れているのを見つけた。見失っては大変だと思い、咄嗟に男を追って駆け出す。茶色の背中から目を逸らさないようにしなければ。私のあとにオスカーとニーナもついてきている。

不審な男は足早に歩きながら薄暗い路地裏へと入っていった。そのまま追って路地裏へ入り込むのが一瞬躊躇われたけれど、どうしても財布を取り戻したくて足を進めた。

「路地に入ったわ！」

「なんだか嫌な予感が……」

オスカーの呟きを耳にしながらも思い切って路地へ入ると、先ほどの男が路地の少し先にニヤニヤと笑いながら立っていた。まるで私たちが追ってくるのが分かっていたと言わんばかりだ。

そしてその男の周りに3人ほど別の男が立っていた。服をだらしなく着崩した様子がいかにも破落戸《ごろつき》といった感じだ。

かなり危ない状況に陥ってしまったようだ。迂闊な行動を悔いるも今さら引き返そうとしてももう遅いだろう。男たち4人全員の視線が私たちをしっかりと捉えていた。

自分の無鉄砲のせいでオスカーやニーナまで危険な目に遭わせてしまった。申し訳なくて小声で2人に謝罪する。

「ごめんなさい。オスカー、ニーナ……」

「いえ、姉上が動かなくても僕が追ったでしょうから。さて、そうですね……。僕がなんとか時間を稼ぐので姉上とニーナさんだけでも逃げてください。できれば騎士か兵士を呼びに行ってくれませんか？」

オスカーが小声で逃亡を促したところ、驚いたことにニーナが首を左右に振って拒否した。

「いいえ、大丈夫です」

「「え……？」」

その言葉に混乱している間にニーナはオスカーと私を背中に庇うように一番前へと歩み出た。

「危ないからやめて」と制止する前にニーナが男たちにか細い声で訴えかける。

「盗ったものを返してください……」

「はあァ？　聞こえねえなァ」

「お貴族さまが虚勢張ってどうにかなると思ってんのかァ？」

「頭沸いてんじゃねぇの？　ククッ」

「それよりも俺たちと遊ばねぇか？　お嬢ちゃン」

男たちが汚い言葉で揶揄するように脅しをかけてきた。そして財布を盗った男の腕が私たちの前に立っていたニーナの肩に伸びる。

（危ないっ！）

男の行動を見て咄嗟に飛び出そうとしたところで、ニーナが男の手首を掴む。なぜかそれきり男の腕はピクリとも動かなくなった。

何が起こったのか分からず唖然と見守っていると……。

「いッ、いてえッ！　やめろッ！　離せッ！」

ニーナに腕を掴まれた男は本気で痛がっているようだ。苦痛に耐えきれないといわんばかりに表情を歪ませている。

「最近街の治安が悪いと聞いていたので、心配でルイーゼたちについてきたのです……。やっぱり来てよかった。どうやら貴方たちみたいな人たちが徒党を組んで組織的に悪事を行っていたのですね……」

「ニ、ニーナ……？」

目の前ではきはきと喋る少女は、妖精のような可憐で儚げなあのニーナなのだろうか。

ニーナが掴んでいた男の腕を背中側へ捩じり上げてそのまま地面へ引き倒し、足で背中を踏みつける。そのまま屈みこみ男の首へ後ろから左腕を回し絞めつける。

「財布を返してくださいませんか？　今すぐ返せば首の骨をへし折らないでさしあげます」

相変わらずか細い声だが言っている内容はとても恐ろしい。首を絞められている男が苦しそうに答える。

「俺の、上着のッ、内ポケットだッ！　かはッ！」

左腕で首を絞めたまま右手で男の上着の内ポケットを探っていたニーナが、取り出した財布をオスカーへと渡した。

「どうぞ、オスカーさま」

「あ、ああ……ありがとう」

「どういたしまして」

オスカーが戸惑いながらも財布を受け取ると、ニーナはニッコリと妖精のごとき可憐な笑みを浮かべる。そしてそのまま男の首を一層強く絞めつけてその意識を刈り取った。男はぐったりとしたまま気を失って倒れ込んでしまう。

目の前の出来事が信じられずに呆然としてしまう。このか細い、どう見ても華奢で可憐な妖精が、自分よりも大きな破落戸をあっという間に絞め落としてしまったのだ。

ニーナの意識がこちらへ向いたのを見計らったように、突然残りの男たちが私たちの方に襲いかかってきた。するとニーナがこちらを向いたまま姿勢を低くして背後の男たちに足払いをかけた。手前の1人を転倒させたあとそのまま立ち上がって振り返り、残りの2人と対峙しようと構える。

オスカーも参戦すべく前へ足を踏み出したところで、突然背後の方から声がした。

「おい！　大丈夫か！」

声をかけられてもニーナは男たちから目を逸らさない。男たちの視線はというと私たちの背後に向けられたまま固まっている。顔色がみるみる蒼褪めその表情に恐怖の色が浮かんだ。

男たちの目線を追うように振り返ると、そこには燃えるような赤い髪を心なしか逆立てた背の高い騎士が剣を右手に携えて立っていた。

◇2人のヒーロー

黒っぽい騎士服に身を包んだ長身の赤毛の騎士――その姿はまるで静かな怒りを湛えている勇猛な獅子のようだった。

「ローレンツさま？」

私たちの後ろに立っていたのは殺気とともに険しい眼差しを男たちに向けているローレンツさまだった。なぜここにいるのだろうと疑問に思いつつも安堵する。

「兄さま、遅いですわよ」

「「兄さま!?」」

突然耳に入ってきた意外な言葉に目を瞠る。オスカーも同様に驚いたようで図らずも同時に聞き返してしまった。

驚く私たちにニーナがニコリと微笑む。

「従兄なんです」

「そ、そうだったのね」

従兄……なんとも意外な繋がりだ。

「おい、これはどういうことだ？」

「ひぃッ！」

上背のあるローレンツさまの怒気を孕んだ声に、男たち2人が後ずさる。

ニーナはというと足払いで転倒させた男の背中に乗り上げて、その腕を後頭部付近まで捩じ上げている。男の呻き声から察するに相当痛いようだ。

「オスカーさまの財布を盗られた上に彼らに襲われてたんです。危ないところでした……」

確かに危なかった……はずだった。というのもニーナが前に出てからほとんど危ない場面などなかったように思う。けれど目を瞑って声だけ聞けば、狼に襲われかけた憐れな子ウサギのイメージが浮かんだだろう、多分。

ニーナの報告を聞いたローレンツさまが前へ出て腰の剣を鞘からスラリと抜いた。そして剣の切っ先を男たちに向けながら告げる。

「なるほど、私の知らない所で大切な友人たちが傷つけられていたようだ。お前たちの行為は万死に値するが……ここで俺に斬られるか大人しく捕縛されるか、どちらを選ぶ？」

「ひ……！　くそぉッ！」

残った男のうちの1人がニーナに襲いかかろうと剣を振りかざした。どう見てもやけくそだ。その行動に対するローレンツさまの反応はすこぶる早かった。男が動くのとほぼ同時にニーナの前に立ちはだかり男の剣を自らの剣で下から跳ね上げた。

ガキンという金属音とともに男の持っていた剣が弾かれ、5メートルほど離れた地面に突き刺さった。

ローレンツさまが掲げていた剣をそのまま男の正面に向かって真っ直ぐに振り下ろす。男の死を予感して思わず顔を背けた。

悲鳴が聞こえないので恐る恐る視線を戻すと、男のベルトとズボンの一部が分断されたのかズルズルと男の体からずり落ちた。ズボンが膝まで下がり下穿きだけになった男がそのままへナヘナと地面に座り込む。

男がローレンツさまに向かって慈悲を乞うように顔の前で両手を組んで、ガタガタと震えながら降参の意志を示す。今にも泣きだしそうだ。

「命だけは助けてくれェ……。頼むゥ」

「お、俺は何もしない！　降参だ……！」

動かずに様子を見守っていたもう1人の男も、両手を挙げて降参の意志を示した。

そんな男たちの様子を見て、ローレンツさまが捕縛用の縄を取り出した。そのうちの2束をニーナに渡す。

「ニーナ、そっちの2人を縛り上げてくれ」

「分かりました」

ニーナが縄を受け取り、転倒していた2人を実に要領よく縛り上げる。それからほどなくして街の警備兵たちがこの場に駆けつけ縛り上げられた破落戸たちが連行された。

ローレンツさまが私とオスカーに向けて心配そうに眉尻を下げた。

「ルイーゼ嬢、オスカー、お怪我はありませんか？」

「ええ、大丈夫です。助けてくださってありがとうございます」

「ありがとうございます。お陰で助かりました」

オスカーとともに頭を下げると、ローレンツさまがほっとしたように笑みを零す。

「いいえ、礼には及びません。貴女たちが無事で本当によかった……」

ローレンツさまが心から安心したと言わんばかりに大きく息を吐いた。

それにしてもあのような修羅場にも冷静に対処し剣をふるうローレンツさまの姿がかなり格

好よくて、思わず見惚れてしまった。

そしてこんなに可憐で妖精のようなニーナのあの猛々しい姿――予想外にもほどがある。意外すぎる一面を見てしまった驚きで胸の動悸が収まらない。

「ニーナ、ありがとう。貴女がいなかったら私もオスカーも怪我をしていたかもしれないわ」

「僕からもお礼を言わせてください。ニーナ嬢、ありがとうございます」

オスカーが胸に手を置いてニーナに向かって頭を垂れた。

「いえ……私はそんな……騎士として当たり前のことをしただけですわ……」

「……騎士！　そうだったのね。知らなかったわ」

ニーナが騎士だったなんて……。それならば確かに先ほどの大胆な行動も頷ける。華奢な体つきと可憐な雰囲気からは全く結びつかない『騎士』というさらに意外な一面に、もはやどこから突っ込んでいいかも分からなくなった。

混乱し続ける私に向かってローレンツさまが優し気な笑みを浮かべる。

「ニーナとは幼いころから手合わせをしていたのですが、これでなかなか手応えのある相手だったのですよ」

「結局兄さまには一度も勝てなかったんですよね。フフ」

遠い思い出を懐かしむように笑いながら話すローレンツさまに、ニーナが赤らめた頬に両手を添えて恥じらうような笑みを浮かべて応える。その様子を見ていて、とりあえずローレンツさまとニーナが同じ血筋であることが妙に納得できた。

ニーナの意外な正体もさることながら、敵と対峙したときのピリピリとしたローレンツさまの気迫のなんと凄まじいことか。普段温厚な騎士さまの勇猛な一面を思い出して不覚にもときめいてしまった。

「2人ともお強くてびっくりしました。ローレンツさまにもニーナにも、ぜひ今度改めて何かお礼をさせてください」

「お礼なんて……と言いたいところですが、またお会いできるのなら楽しみにさせていただきます。それとその手首の怪我はまだ……？」

ローレンツさまが私の手首に心配そうに視線を向ける。

「ええ。でも痛みはだいぶ引きましたよ。お気遣いありがとうございます」

「いえ、そんな……そうですか。それはよかった」

深く頭を下げてお礼をすると、ほっと安心したようにローレンツさまが翡翠の瞳を細めた。優しげな眼差しを向けられて先ほどの恐怖で波だっていた心が次第に凪いでいく。さすがは癒しヒーローさまさまである。

「姉上、そろそろ買い物を済ませないと屋敷へ戻るのが遅くなってしまいますよ」

「あっ、そうね！」

気付けば辺りは薄暗くなっていた。食料品店へと戻る私たちに、ローレンツさまもついてきてくれるようだ。とても心強い。

食料品店に到着したあと20キロの小麦粉を購入した。オスカーが小麦粉の袋に手を伸ばしたところで横からヒョイッとローレンツさま……でなく、ニーナが抱え上げた。およそ20キロの袋を軽々とである。

凄すぎて私もオスカーも口をあんぐりと開けてしまった。ローレンツさまがそんなニーナを見て苦笑している。

「最近街が物騒だと聞いていたのでお買い物に同行を申し出たんです。護衛の目的もありましたけれど、荷物持ちのお役にも立てるかと思って……」

「そうだったの。それは……ありがとう」

戸惑いながらも礼を告げるとニーナが頬を染めながら微笑んだ。食料品店の外に停めてあった私たちの馬車に荷物を積んだあと、ローレンツさまとニーナとはその場で別れた。

なんだか波乱に満ちてドキドキしっぱなしの買い物だったけれど、友人たちの意外な一面が見られて嬉しかった。

帰りの馬車に揺られつつお礼は何にしようかななどと考えながら、窓から宵闇に包まれて明かりの灯り始めた街を眺めた。

2章　アルフォンスの来訪

◇心躍るサプライズ

休日である今日、いよいよアルフォンスさまが我が家に来訪する。ここのところ休日といえばほぼすっぴんで屋敷に引き籠ってうろついていたのだけれど、今日に限っては朝から縦ロールと化粧で完全武装をしている。

そして昨夜のうちにアルフォンスさまに渡すお礼のクッキーも作っておいた。この間のようにひやひやしながら調理場で作業しなくてもいいように。

準備万端整えたにもかかわらずアルフォンスさまが来ると思うと緊張してしまう。最近になって急に頻繁に我が家を訪れるようになったのは何か理由があるのだろうかと不思議に思う。けれどオスカーと仲がいいのだから別におかしくはないのかもしれない。

午前10時を回ったところでアルフォンスさまが到着したとの知らせが入った。オスカーと一緒にエントランスでお出迎えしたときにニコリと微笑まれた。そんなアルフォンスさまの麗しい笑顔を見て『今日もお美しいですアルフォンスさま尊い』と心の中で呟く。

今日はいつもと違い2台の馬車が敷地に入ってきたので何事かと思っていた。屋敷前に停められた後続の馬車から大きな荷物が下ろされる。

そのあとアルフォンスさまより少し遅れて大きな包みを抱えた城の使用人と思しき人たちが入ってきた。紙に包まれているのは腰ほどの高さの四角くて大きな箱状のものだ。

使用人たちは謎の包みを一度エントランスの広間に降ろし、その場で分厚い紙の包装を剥がした。すると中から出てきたのはピカピカのオーブンらしきものだった。

驚いたのはその斬新なデザインで、屋敷で使用している調理場の薪オーブンとは大きく違っていた。日本のシステムキッチンにビルドされているオーブンに近いデザインだったのだ。

そのピカピカの箱を見て思わず胸が高鳴る。オスカーもかなり驚いているようだ。恐らく何も聞かされていなかったのだろう。

オーブンらしきものについて恐る恐るアルフォンスさまに尋ねる。

「アルフォンスさま、これは一体……？」

「これは魔道具のオーブンだよ。温度調整機能付きなんだ。維持コストとして魔石が定期的に必要になるけど、薪を調達するよりも遥かに効率がいいよ。魔石は王都で安定して買えるしね」

「ふぁ……」

現在開発中の冷蔵庫よりも比較的シンプルな機能だからコストが低いのかもしれない。

（『魔法のオーブン』――ああ、なんて素敵な響きだろう！　これぞファンタジー！）

ピカピカの魔法のオーブンを前にして感動に打ち震えていた側で、オスカーがアルフォンスさまに尋ねる。

「殿下、これがクッキーのお礼……ですか？」

「うん、クッキーのお礼だよ」

ニコリと微笑んで答えたアルフォンスさまに、オスカーが呆れたような表情を向ける。

オスカーの気持ちが手に取るように分かった。確かにお菓子のお礼が、見るからに高価そうな魔法のオーブンというのはいささか度を越えているような気がする。

とはいうもののアルフォンスさまの先ほどの説明を聞いたときから嬉しさを堪えるので必死だった。脳内では小さなルイーゼがピョンピョンと跳びあがって喜んでいる。

薪と違って正確な温度調整ができる。そんな私のツボに直撃するかのような贈り物に胸がときめかないわけがない。ストライクバッターアウトである。

（なんて素敵！　まるで夢のようだわ！）

けれどアルフォンスさまが感謝しているのはあくまで我が家の料理人に対してだ。それなのに私があからさまに喜ぶのは不自然だ。ここは気を引き締めてごくごく自然に感謝を述べなくては！

アルフォンスさまが首を傾げながら、私の顔を覗き込むように不安げな表情で尋ねてくる。

「……喜んでもらえないかな？」

「い、いえっ！　ありがとうございます、アルフォンスさま！　我が家の料理人もこのような素晴らしいオーブンをいただいたら大変喜びますわ！」

「そう、よかった」

自然にお礼を述べることができた……と思う。そしてなんだか頬が熱くなってくる。嬉しそうに微笑むアルフォンスさまにときめいているのかオーブンに興奮しているのか、もはや自分でもわけが分からない。

ピカピカのオーブンのフォルムを指でツツーッと確認しながら思わずうっとりしてしまい、ハッと我に返る。いけないいけない、あからさまに喜んでいたら不審に思われてしまう。

気を取り直して城の使用人たちにそのまま調理場へ運んでもらうよう頼んだ。頬を染めながらオーブンを撫でていた私をアルフォンスさまがニッコリ笑いながら見守っていたなど知るはずもなく。

心ゆくまで……もといほんの少しだけじっくりとオーブン鑑賞を味わったあと、オスカーと一緒にアルフォンスさまをサロンへと案内した。

侍女に紅茶を頼んだあと、私たち3人はテーブルを囲むように座る。ひと息ついたところで昨夜作ったクッキーをアルフォンスさまへと差し出した。

「アルフォンスさま、本日はわざわざお越しくださってありがとうございます。こちらはうちの料理人の作ったクッキーです。お持ち帰りもできるように多めに作らせましたの。必要なら毒味をさせていただきますが」

「いや、必要ないよ。……本当に嬉しい。ありがたくいただくよ」

「喜んでくださってなによりですわ」

アルフォンスさまが嬉しそうにクッキーを受け取ってくれた。そんな会話を交わしていた私たちの横で、オスカーだけが複雑そうな表情を浮かべている。引きつった笑みのような……。どうも1週間ほど前からオスカーの様子がおかしい気がする。

オスカーの心中をいくら想像しても分からないので、そのまま3人で最近の学園がどうだとか試験がどうだとかとりとめのない会話を交わした。そして紅茶を飲み終えたところで突然アルフォンスさまが私の方を真っ直ぐに向いて告げる。

「ルイーゼ、君に話したいことがあるんだけどいいかな?」

心持ちいつもよりも緊張したような表情を浮かべているアルフォンスさまに思わず首を傾げてしまう。

「私に……ですか?」

「うん」

「殿下……」

僅かに表情を曇らせたオスカーがゆっくりと立ち上がり、侍女を下がらせる。そして一礼してチラリと一度だけこちらを見て、何やら心配そうな表情を浮かべた。

どうしたのだろうとオスカーの背中を見送ったあとに、ようやくアルフォンスさまと2人きりにされたことを悟った。

◇話したいこと

我が家のサロンはエントランスから直接繋がっている扉のない広めのフロアだ。全く密閉性がない上に、大きめの窓から十分に光が差し込んでかなり開放的だ。それゆえにアルフォンスさまと私が2人きりになっても特に問題はない。

何となく居心地が悪くて膝の上でモジモジと両手を弄ぶ私に、アルフォンスさまが真剣な眼差しを真っ直ぐこちらに向けた。顔が赤く見えるのは気のせい？

「実は今日ここへ来たのはどうしても君に話したいことがあったからなんだ」

「お話とは、なんでしょうか？」

改まって話を切り出されたことに不安が募る。そんな私を見つめるアルフォンスさまの瞳に強い光が宿る。

「ルイーゼ。どうか私の婚約者になってもらえないだろうか」

突然の申し出に頭が真っ白になった。声が出せずにハクハクと口を動かすばかりで言葉が出てこない。頬が熱くなる。

(どうしたというの⁉　一体なぜ急にそんな……)

止まっていた呼吸をようやく再開させて、求婚の理由について考える。アルフォンスさまの態度にそんな兆しなどあっただろうか。確かに最近は、アルフォンスさまとのランチ、我が家への来訪と、なにかと顔を合わせる機会が多くなってはいたけれど。

私が演じていたのはアルフォンスさまを追いかけ回す婚約者になりたくて堪らない令嬢だ。なんとか上手く取り繕いつつ、アルフォンスさまの真意を探らなければ。大きく深呼吸をしたあとに、アルフォンスさまを真っ直ぐに見つめる。

「アルフォンスさま、とても嬉しいですわ！　けれどなぜ私に？」

「ああ、そうか……。確かに私の今までのルイーゼに対する態度を考えれば不審に思われても仕方がないよね。実はね、君が階段から転落した私を庇って怪我をしたことを知ったんだ。あのときは助けてくれてありがとう。そして酷い怪我をさせて本当に申し訳なかった」

頭を下げるアルフォンスさまを前に、恐縮しながらも告げられた事実に驚いてしまう。――アルフォンスさまが真実を知っていた。しかも怪我をしたことまで。

情報源は分からないけれど、アルフォンスさまのことだから詳細まで把握していることだろう。今さら誤魔化して嘘を重ねるべきではない。きちんと本音で話さなければ。

「お気になさらないでください。王太子殿下をお助けするのは貴族として当然のことです。ですがそんな理由で婚約など」

「それだけじゃないよ。それがきっかけで君のことを注意して見るようになったんだ。そうしたら本当の君が見えてきた」

私のことを見ていてくれたのが嬉しい――そう感じた直後に、前世の記憶が蘇った日に聞いてしまったアルフォンスさまとオスカーの会話を思い出してしまう。

「実は以前にアルフォンスさまとオスカーが話していたのを偶然聞いてしまったことがあるのです。アルフォンスさまは派手に着飾る貴族令嬢がお嫌いだと。そして中でも特に私のことが苦手だと。ですから正直申し上げると今のお言葉が信じられません」

「ルイーゼ……。それは本当にごめん。言ったことについて否定はしない。君のことをちゃんと知る前は確かにそう思ってた。言いわけになるけど、少し俺の話を聞いてくれる？」

少し砕けた話し方になったアルフォンスさまの様子を見て、本音で話そうとしてくれているのが分かった。

それから先、アルフォンスさまによって語られたのは想像もできないような悲しい出来事だった。その陰惨たる過去はゲームでは語られておらず、初めて知る事実だった。

大の大人たちから幼い少年に向けられた悪意。――話を聞きながら加害者たちに対して沸々と怒りが湧き上がってくる。なんて惨いことをするのだろうと心から腹立たしく感じて無意識に拳を握り締めていた。

「……そういった経緯もあって、婚約者候補になった君と再会したときに、着飾った君の姿が俺を襲った女たちと重なって受け入れられなかったんだ」

「申し訳ありません……。私はアルフォンスさまが薔薇を好まれると、華やかな女性がお好みだと思い込んでおりましたから……」

「いや、それはいいんだ。きっと俺がルイーゼに勘違いさせたんだと思う。本当は幼いころ初めてこの屋敷で会ったときから君のことが気になっていたんだ。俺を喜ばせようと薔薇の茂みに手を突っ込んで怪我をしてまで薔薇を手折ろうとしてくれただろう？　可愛らしい見た目も好ましかったけど、俺を喜ばせようとしてくれた君の気持ちが何よりも嬉しかった。それまでは俺から奪おうとしても喜びを与えてくれようとした者はいなかったから」

話しながら幼いころの出来事を思い出したのだろう。アルフォンスさまが優しい笑みを浮かべる。

「そ、そうだったのですか……。そんなふうに思ってくださっているとは夢にも思いませんでした」

「うん、そうだろうね。俺自身もまだあのときはあの温かい気持ちが何なのかよく分からなかった。そして君と再会したときに俺が好ましく思っていたルイーゼがもういなくなってしまったと思ったんだ。でもちゃんと君を見れば君の中身は昔と何も変わっていなかったのが分かって……。君を見失って勝手に自暴自棄になって君を遠ざけて……愚かだったよ。だから謝るのはこっちのほうだ。勝手に誤解してごめん」

悲しそうに項垂れてしまったのを見て、アルフォンスさまの深い後悔が伝わってくる。とはいえその思いにどう応えたらいいのか悩んでしまう。

アルフォンスさまに告げられた言葉は全て本心だろう。そもそも私のことを苦手だと思っていたのは、もとはといえば私の早とちりのせいだ。

そして今、アルフォンスさまはこうして好意を示してくれた。そして私もまたアルフォンスさまのことが好きなのだ。けれどだからといってめでたしめでたしというわけにはいかない。問題はお互いの気持ちではないのだ。

何度も夢に見たあの光景。憐れな王妃に同調して感じた深い悲しみ。——確かに今のアルフォンスさまなら好色王になどならないのかもしれない。

「アルフォンスさま、私は……」

瞼を閉じてしばらく考えたあとにアルフォンスさまを真っ直ぐに見つめた。

◇ルイーゼの答え

アルフォンスさまがまるで断罪を待つかのごとく私の答えを待っている。その姿を目の前にして私は……。

「私はアルフォンスさまに好意はございません……」

「ルイーゼ……」

アルフォンスさまが眉根を寄せてつらそうに私の名を呼ぶ。

(本当は好きです。貴方のことが大好きです。だけど……)

夢に見たあの未来は私だけでなくアルフォンスさまにとっても全く愛のない不幸な未来だ。私が妃にならなければアルフォンスさまにも幸せな未来が訪れるかもしれない。

アルフォンスさまに返したのは悩んだ末に出した苦渋の決断だった。前世の記憶が蘇り未来の可能性を夢に見て嫌われようと決めたとき、この狂おしいほどの思いを諦める覚悟はとうにしていた。けれどこの恋を諦められたのは自分が嫌われていると思っていたから。

それなのにアルフォンスさまの私への気持ちを知ってしまった。前世の記憶を思い出す前の私なら飛び上がるほどに喜んで求婚の申し出を二つ返事でお受けしていただろう。こんなに苦しい思いをするくらいならば、いっそ「喜んでお受けいたします」と頷いてしまいたかった。

けれど本心を悟られるわけにはいかない。応えられないのに好意を示すのは残酷だ。アルフォンスさまが思いを断ち切って次の恋に進めるようにしなければ。大好きな人には幸せになってほしいから。

アルフォンスさまがまるで懇願するように私を見つめる。

「俺には少しの望みもない？」

「……はい」

「そう……。分かった。これは愚かな俺が受けるべき報いなのだろう。自分の気持ちに蓋をしてずっと君を蔑ろにしてきたのだから」

悲しそうな笑みを浮かべるアルフォンスさまを見て一層胸が苦しくなる。

やはりアルフォンスさまは優しい人だ。王太子の権限で強引に婚約者に指名することもできるのにどこまでも私の意思を尊重してくれている。

申し訳ない気持ちで胸が苦しくなってしまった私の心中を察してか、アルフォンスさまがフッと優しげな笑みを浮かべた。

「なんだか驚いたみたいだね」

「え、ええ」

「確かにその気になれば強引に君を婚約者に決めることもできるだろう。だけど俺は政略など関係なく君が好きだから妻になってほしいと思ったんだ。だからこそ君にその意思がないのなら無理強いはしたくない。関係を強要される苦しさは痛いほど分かるから」

「アルフォンスさま……」

「本当にね。ルイーゼの嫌がることはしたくないんだ。君には幸せそうに笑っていてほしい。俺みたいな思いはさせたくない。だから今回は諦める」

「はい……ん？」

今回は？　聞き間違いだろうか。

「今好きな男がいるわけじゃないんだよね？」

「そんな方はいません」

「そうか、よかった。それならまだ俺にも望みがあると思わせて。先のことなんて誰にも分からないと思うんだ。君は少し前までは、ずっとこんな俺でも好ましく思って頑張っていてくれただろう？　だから俺も君に振り向いてもらえるよう頑張りたい。もし君に好きな男ができたら……幸せになってほしいから諦めるかもしれない。諦められないかもしれないけど。君を思うのは自由だよね？」

「そんな！　アルフォンスさまの貴重な時間を無駄にさせてしまうのは……」

「君を思って過ごす時間は苦しいかもしれないけど無駄なんかじゃない。君は長い間頑張ってくれたんだ。だから俺も振り向いてもらえるようにじっくりと時間をかけて頑張るよ」

「アルフォンスさま……」

嬉しい。好きな人にこんなにも思われているなんて。このまま感情に委ねたい。今のアルフォンスさまなら不幸な未来が回避できるかもしれない。

そんな思いが胸をよぎり、グラグラと揺れる感情をグッと堪える。

「けれどももしも好きな女性ができたらどうかその方と……」

「フッ。そんな女性と簡単に出会えるようなら、長い間君への思いを拗らせたりしないよ。折角気付いた気持ちだから大切にしたいんだ」

苦笑するアルフォンスさまの切なげな表情を見て胸がギュッと締め付けられる。

それ以上婚約のことを口にすることもなく、アルフォンスさまが王宮へと帰っていった。あの話のあともずっと明るく振る舞っていたアルフォンスさまが馬車に乗り込むときに一瞬だけ見せた表情が寂しそうで、私の言葉で酷く傷つけてしまったのだと痛感した。

アルフォンスさまのことを考えると胸が締め付けられる。けれど嫌われようと決めたときから覚悟していたことだ。

「胸が苦しいわ……」

そう呟いた私に、いきさつを聞いていたオスカーが気遣わしげな眼差しを向けた。

「姉上……。やはり殿下のことは受け入れられませんか？　いくら女性に人気があろうと恋愛経験があるわけではないし、姉上に対して不誠実なこともなさらないと思いますが」

確かにオスカーの言うことも分かる。けれど……。

「アルフォンスさまが誠実な方だというのは分かっているわ。だけどあの夢に見た未来の可能性がないわけじゃない。もしそうなったらアルフォンスさまにとっても不幸だもの」

「そうですか……。前世の記憶のことは打ち明けないのですか？」

打ち明けることも少しは考えた。けれどとてもではないけれど信じてもらえる自信がない。

「貴方が好色王になるかもしれないから婚約したくありませんなんて言えないわ。信じてもらえないだろうし、そんな理由では所詮夢の話だと思われて諦めてくださらないでしょう。それならいっそ好意がありませんとお伝えしたほうがいいと思ったの」

「そうですか……。僕は姉上にも殿下にもいい恋愛をしてもらいたかったので残念です」

「そう、期待を裏切ってしまってごめんなさい……。私、アルフォンスさまが好意を持ってくださっているなんて夢にも思わなかったの。自分が諦めればそれで済む話だと思っていたのに、あんなに傷ついた顔をさせてしまうなんて思わなかった」

そう告げる私を見てオスカーが頭《かぶり》を振って肩を竦めた。

「やれやれ。姉上のほうがよほど傷ついた顔をしていますよ。黙っていてすみません。実は少し前に殿下から気持ちを聞いていたのですが口止めされていました。きっと自分の口で姉上に打ち明けたかったのでしょう」

「そう……」

ここのところオスカーが何かを言いたそうにしていたのはそういう理由だったのかと腑に落ちた。

本当の理由を告げられないままアルフォンスさまを傷つけてしまったのだから、その何倍も痛い思いをして然るべきだ。自室で1人になった途端に涙が溢れだす。

「うっ、ううっ……」

覚悟を決めていたつもりだった。けれどずっと好きだった。諦められると思っていた。苦しい。痛い。

ベッドの上でひとしきり泣きながら、明日からはもっと強くならなければと心に決めた。

3章　悪意

◇チーズケーキ

週が明けて月曜日の朝を迎えた。アルフォンスさまに気持ちを告白されたのに婚約者になることをお断りしてしまった。そんな私の答えをアルフォンスさまは真摯に受け止めてくれた。存分に涙を流してようやく瞼の腫れの引いた自分の顔を鏡で見ながら考える。アルフォンスさまに対するパフォーマンスはもはや必要ない。

前世の記憶が蘇ってからというもの、いつも着飾っていた派手な装いは全くもって自分の趣味ではなかった。早起きはしないといけないし手間はかかるし、理由がなくなった今あのような武装する必要はないのだ。

……ないはずなのに、今日もエマとアンナにこうして縦ロールを仕込んでもらっている。というのも、いきなり着ぐるみを脱いでしまうときっと周囲の人々は私だと分からなくて困惑すると思ったからだ。私の素顔を知っているのは、カミラをはじめとする製菓部関係者とオスカーと、そしてアルフォンスさまだけなのだ。

鏡の前で散々悩んだあげくに1つの結論に至った。いきなり着ぐるみを全部脱ぎ去るのではなく1枚ずつ玉ねぎの皮を剥くように武装解除してはどうだろうかと。

そこで何から剥こうかと考えた。縦ロールと化粧。どちらが混乱を招かないだろうか。ボリューミー縦ロールは周囲の反応から察するにどうやら私のトレードマークらしい。そして後ろから見てもひと目で誰だか分かるという便利仕様だ。

となると化粧から剥くのが妥当だろう。けれど紫外線は肌によくないので日焼け止めと唇用の色付きの保湿クリームだけ施しておく。これならきっと私だと判別してもらえるのではないかと思う。多分、きっと。

今日は薄化粧に加えてボリューミー縦ロールを大きな赤いリボンで纏めて学園へ向かった。到着して周囲の反応を見るに、私だと分からない人はいないようだ。よしよし。

「ルイーゼ嬢、この用紙に養護教諭のブラント先生の……サイン……を……」

休み時間に男子生徒に後ろから声をかけられた。保健委員のデニスさんだ。

振り返ると目玉が零れるのではないだろうかと心配になるくらいにデニスさんが目を見開いている。一体どうしたのだろう。

「ありがとうございます。お願いしていた使用許可証ですね。勝手に保健室の設備をお借りしてしまったので助かりました」

「い、いえ……」

そう言って笑うとデニスさんの顔が段々と赤くなっていくのが分かった。今日は他の生徒からときどきこういった反応をされる。肌寒いかと思っていたけれど気温が高いのかしら。

昼休みにニーナの教室へと向かった。先日破落戸に絡まれたところを助けてもらったお礼を渡すためだ。

ニーナを呼び出してお礼のマドレーヌを渡した。マドレーヌは貝の形の型で焼いたフワフワのお菓子だ。昨日早速新品のオーブンを使って屋敷で焼いたものだ。

「こんな可愛らしい形のお菓子は初めてです！　ありがとうございます」

ニーナの笑顔が嬉しい。また買い物に誘ってくれと言ってやたらと張り切っていた。ありがたい申し出なのでこちらこそ是非にとお願いしておいた。

そして今ローレンツさまの教室の前にいる。アルフォンスさまの教室の隣だ。ローレンツさまが私の姿を見てパアッと嬉しそうに笑った。教室の外でお礼のマドレーヌを渡す。

「ルイーゼ嬢、ありがとうございます。喜んでいただきます。それであの、今度騎士団の練習場で模擬戦があるのですがもしよかったら見にいらっしゃいませんか？　ニーナも出場するので来てくださったらきっと喜ぶと思います。……それに貴女が応援してくれたら私も嬉しいです」

模擬戦——見に行ったことはないけれど、ニーナやローレンツさまが出場するなら一度行ってみようかしら。2人の戦う姿を見てみたい。

この間街で助けてくれたとき、2人ともとても格好良かった。私なんかの応援で喜んでくれるなら……。

「お邪魔でないならぜひ観戦させていただきます」

「そうですか！　楽しみにしています。それにしてもルイーゼ嬢、今日はなんだか雰囲気が違いますね。なんとなく柔らかいというか……」

「そ、そうですか？　オホホ」

本当はなんとなくというレベルではないはずだけれど。濃いアイラインと頬紅、それに真赤な口紅がなくなったからかなり顔が違うはずだ。ローレンツさまにとっては大した違いではないのだろうか。

そんな会話を交わしていると、向かい合わせのローレンツさまの後ろ——廊下の向こう側からアルフォンスさまが歩いてくるのが見えた。

私と目が合った瞬間アルフォンスさまが驚いたように目を見開く。そしてすれ違いざまにこちらを見て少しだけ悲しそうに微笑んで、そのまま足を止めずに去っていった。

屋敷で別れたときのことを思い出して再び胸が苦しくなる。ほんの少しぼうっとしていた私を見てローレンツさまが心配そうに私の顔を覗き込んだ。

「ルイーゼ嬢、大丈夫ですか？」

「はっ、はい、大丈夫です……。それでその模擬戦というのはいつなのでしょうか」

模擬戦を見に行く約束を交わしたあと教室へ戻りながら、当日は何か甘いものでも作っていこうかしらと考えてみたけれど、ふと先ほどのアルフォンスさまの悲しそうな顔を思い出してしまう。

思いを振り切るように頭を振って製菓クラブのことを考える。お菓子を作って、部員の皆と楽しい話をして、美味しいお菓子を食べて、この苦しい気持ちを紛らわせよう。


午後の授業が終わったあと調理室へ向かいながら廊下を歩いていると、すれ違う生徒からチラチラと見られた。人によっては二度見をしていく。そんなに違和感があるのだろうか。半分だけ武装解除をしたつもりだったけれど、なんだか不安になってきた。

調理室に着いたあと、予め購入してきたクリームチーズの袋を調理台の上にドサリと置いた。

「金曜日に食料品店でクリームチーズを見つけたので買ってきたの。皆さえよかったら今日はチーズケーキを作ってみない？」

予告なしの提案だから受け入れてもらえるかちょっと不安だった。そんな私に向かってカミラが嬉しそうに笑った。

「チーズケーキ……初めて聞いたわ。チーズはお料理に使うのしか見たことがないから」

「私も食べてみたーい」

「なんだか味が想像できないわね。楽しみ！」

他の部員も興味を示してくれている。今日はチーズケーキが食べたかったのでとても嬉しい。

「それじゃあ、今日はベークドチーズケーキを作るわね。結構難しくて私もときどき失敗しちゃうんだけど」

初めての挑戦だけれど、クラブの皆は楽しそうに取り組んでいる。私も頑張らなくちゃと気持ちが奮い立つ。

焼成が終わりに近づくにつれ、香ばしくて甘い香りがオーブンから漂ってくる。

「ああん、美味しそう！」

「早く食べたーい！」

「すごく美味しそうな匂い……」

皆が口々に感嘆の声を漏らす中、オスカーが迎えに来てくれた。

「なんだかとても美味しそうな匂いがしますね……」

「今日はベークドチーズケーキよ。オスカーには私の分をあげますからね」

「嬉しいです！　ありがとうございます」

オスカーがとても嬉しそうに破顔した。甘いものにあまり執着しない子だと思っていた。そう告げると、オスカーが恥ずかしそうに笑った。

「確かに僕はそれほど甘いものが好きではなかったのですが、姉上たちの作ったお菓子はどれも美味しいので……」

先生！　照れながら話すオスカーが可愛すぎて鼻血が出そうです！

「あの、それと、１切れでいいので殿下にも持っていっていいですか？」

アルフォンスさまは甘いものがお好きだから元気が出るかもしれない。

「もちろん。喜んでくださるといいわね」

「ありがとうございます！」

嬉しそうなオスカーの顔を見て、本当にアルフォンスさまのことが好きなのだなと思った。


クラブが終わったあとオスカーと学舎の出入り口へと向かった。停めてあった馬車の前まで来たところでオスカーが「すみません」と言って足を止める。

「殿下にチーズケーキを渡してくるので先に乗っていてください。すぐに戻りますから」

そう言ってオスカーが踵を返して学舎の中へ駆けていった。

言われた通り馬車に乗り込もうとしてふと気付く。珍しく御者が席を外していたのだ。用でも足しているのだろうと思って扉に手をかけたとき、突然後ろから声をかけられた。

「ルイーゼさん」

「モニカさん……？」

振り向くとそこに立っていたのは悲しそうな表情を浮かべたモニカさんだった。シュンと項垂れる姿を目にしても反射的に警戒してしまう。過去の暴言や悪行はまだ記憶に新しく、恐怖を感じずにはいられなかった。

なんの用だろうと身構えている私にモニカさんが弱々しく話しかけてきた。

「ルイーゼさん、ごめんなさい。私、反省したの。今まで貴女に悪い事したなって」

「モニカさん……」

「それで、もしよかったら私とお友だちになってくれないかしら」

今のは本心からの言葉だろうか。だとしてもさすがに友人になれる気がしない。とてもではないけどモニカさんのことが信用できないからだ。さてなんと答えたらいいものか。

「私は……」

答えようと口を開いた途端、突然後ろから拘束されて口と鼻を何かで覆われた。そのまま全身から力が抜けてスッと意識が落ちていった。

◇捜索

俺はあれからずっとルイーゼのことを考えていた。好意はないと告げられたとき、口では諦めないと強がったものの正直堪えた。あれだけ冷たい態度を取っていれば愛想を尽かされていてもおかしくないのに、変わらずに好きでいてもらえるなどとどうして思えたのだろうか。

そして翌日の昼休みにルイーゼがローレンツと2人で話しているところを見かけた。この間――ルイーゼがギルベルトと話していたときのように、強引に手を引いてどこかへ連れ去りたい衝動に駆られた。

だが好意のない相手にそんなことをされるのは恐怖でしかない。ルイーゼに嫌われたくない。

――そんな思いから、結局軽く会釈をしただけでそのまま立ち去ることしかできなかった。

放課後オスカーがルイーゼを迎えにいったあとも、しばらく教室で煩悶していた。そろそろ城へ戻るかと立ち上がったところでオスカーが息を切らして戻ってきた。

「殿下、製菓クラブで姉上たちが作ったチーズケーキをお持ちしました」

「わざわざ持ってきてくれたの？」

「甘いものでも食べれば少しは元気が出るかと思いまして……」

まさかオスカーに気付かれていたなんて、俺は相当落ち込んでいたらしい。

「そう、ありがとう。今ルイーゼは？」

「馬車で待っています。心配なのですぐに戻ります」

「待って。お礼だけでも言いに行くよ」

ルイーゼに対してできることは少ない。友人としておかしくない範囲のアプローチしかできない。だからこそ僅かな機会も逃さず話をしたいと思った。……あわよくばローレンツと何を話していたかも聞けるかもしれない。

オスカーと一緒に学舎の出入り口に到着すると、オスカーが驚いたように目を瞠って侯爵家の馬車に駆け寄った。

御者台に誰もいない。馬車に人の気配がないことに違和感を覚えて嫌な予感に襲われた。オスカーが馬車の扉を乱暴に開けて中を見たあと、真っ青な顔で呟いた。

「なんてことだ……姉上は、どこだ」

「ルイーゼが、いないのか……？」

「いません、誰も……。ほんの5分ほどしか経っていないのに」

「オスカーは馬車の周辺を探せ。俺はあの女を……モニカ嬢を探す」

「分かりました」

オスカーが悔しそうに歯噛みしながら馬車の周囲の捜索を始めた。手掛かりが見つかるといいのだが。

オスカーを置いて踵を返し、学舎内を走る。ルイーゼがいなくなったと知って真っ先に思い浮かべたのはモニカ嬢の顔だった。断定できるわけじゃないがとっ捕まえて話を聞けば何か分かるかもしれない。

廊下を探し回り、すれ違う学生にモニカ嬢の姿を見ていないか尋ねる。そして何人目かで教室にいるのを見かけたという情報を得た。

すぐに教室へ向かうと、モニカ嬢が自分の席で帰り支度を始めていた。つかつかと近づき声をかける。

「モニカ嬢、少し聞きたいことがあるんだけどいいかな?」

逸る感情を抑えながら声をかけると、モニカ嬢が頬を染めながら嬉しそうに笑った。

「アルフォンスさま、お久しぶりです！　お会いしたかったんですぅ。最近全然お話しできなかったんですもの」

「ああ、そうだね。ところで君、ルイーゼ嬢を見なかったかい?」

ビクリとほんの一瞬モニカ嬢の表情が固まったのを見て確信した。この女はルイーゼの行方を知っていると。瞬間、胸に怒りがこみ上げる。

「いいえ、存じ上げませんわ。それよりも、ねえ、アルフォンスさま。あんな派手な女性よりも、私のほうがアルフォンスさまをお慕いしていますのよ。だから私と……」

媚びるように擦り寄ってくるモニカに手を伸ばし、優しくその頬に添える。嬉しそうにうっとりと頬を染めるモニカに、笑いかけたまま告げる。

「モニカ嬢、私は結構気が短くてね。君の気持ちなんてどうでもいい。それよりも質問に正直に答えてくれないかな？　でないと……」

モニカの頬をスルリと撫でながら、伸ばした手をそのまま首元へと持っていく。笑みをさらに深めて首を撫で、そして手を広げて優しく喉を圧迫した。

「君を殺してしまうかもしれない。王位継承も外聞もどうでもいい。私は大事なもの以外は全て簡単に捨てるよ」

「ひっ……」

「ああ、私が何も知らないと思ってるのかな？　君が大好きな男漁りも、命あってこそだよね。死んだら誰も愛せないもの。ルイーゼに傷ひとつでも付けたら一瞬も躊躇せずに君を殺すよ。処分を待つまでもなくね」

ルイーゼが危険な状況にあるかもしれない焦りがある一方で、頭だけは妙に冷えている。ルイーゼを見つけるにはモニカの口を割らせるしかない。ここからの手順は1つも間違えてはいけない。慎重に、だが迅速に事を進めるのだ。

今や目の前の女は瞬きもできずに目を見開いたまま俺を凝視し、恐怖のためかガチガチと歯を鳴らしていた。

「アルフォンスさま……私には何のことかさっぱり……」

ようやく口を開いたかと思えば……。

「そう。私の言っていることが分からないならここで終わってくれ」

モニカの喉を圧迫する指に徐々に力を込めていく。こうしている間にもルイーゼに危害が加えられるのではないか。そう思うと怒りのあまりこのまま絞め殺してしまいそうになる。

「ハッ……ウゥ！　お、お待ちください！　おっ、思い出しました。ルイーゼさんは私の仮住まいに招待しました……」

「へえ、それでルイーゼに何をするつもりなのかな？　傷ひとつでも付けたら……分かってるよね？」

「はっ、はい……。ま、まだ大丈夫だと思います。場所は……」

話によるとルイーゼが連れ去られたのは王都の一角にあるアパートの一室らしい。モニカが学園に通うために借りているという。

ルイーゼを連れ去ったのは裏家業を生業とする破落戸だという。なぜモニカが破落戸などと繋がりがあるのか分からないが。

あとで合流する手筈になっているが奴らのアジトだと怖くて1人では行けないため、モニカのアパートを監禁場所としたらしい。

ルイーゼの意識が戻ってから辱めたほうがより苦痛を与えられるだろうと考えたため、薬が効いて意識を失っている間には手を出さないよう言っておいたそうだ。

だが今ルイーゼの側にいるのは法を犯すことを何とも思っていない破落戸どもだ。やつらが指示を守る保証はどこにもない。

モニカの両腕を背中側で拘束し、そのまま無理矢理学舎の出入り口まで引っ張っていった。するとシャがみ込んだオスカーの側に意識を失った男が横たわっていた。

「オスカー、その男は？」

「我が家の御者です。ここから15メートルほど先の茂みの陰に後ろ手に縛られて放置されていました。どうやら薬を嗅がされているようで意識がないのです」

「なるほどな。それで何か痕跡は？」

「今のところは何も……」

「そうか。とりあえず必要なことはこの女から聞いた。急ぐぞ」

「モニカ嬢！　やはり君が……！」

オスカーが腹立たしげに睨むと、怒りをぶつけられたモニカが怯んだ。

とにかく今は一刻も早くルイーゼの救出に向かいたい。オスカーにモニカから聞いた住所を伝えて指示を出す。

「オスカー、すぐに騎士団を……いや、ローレンツを探し出して2人で目的のアパートへ向かってくれ。状況が状況だ。通報はまだするな。可能な限り秘密裏に処理する」

「承知しました」

すぐに俺の懸念を察し頷いたオスカーがローレンツを探しにこの場を離れた。侯爵家の馬車に拘束したモニカを放り込んで、ひと足先に目的の場所へ向かうべく手綱を取る。

最初は騎士団に援軍を頼もうかと思った。だが事件を明るみにして貴族令嬢が一時的にとはいえ男たちに拉致されたとなれば収拾のつかない醜聞になりかねない。

たとえ何もなかったとしても拉致されたという事実だけで愚かな貴族たちは憶測で面白おかしく噂を撒き散らすのだ。俺の過去の出来事とは比較にならないほどにルイーゼの将来に影を落とすことになりかねない。

（君には幸せに笑っていてほしいんだ……）

ルイーゼの笑顔が頭に浮かぶ。暗い影など背負わせてはならない。そう考えて、モニカに他言を禁じたうえで我々だけで救出したほうがいいと判断した。

先週、街でルイーゼたちが襲われた事件のことは予めオスカーに聞いていた。騎士団でも抜きんでた実力者であるローレンツならば戦力的にも問題はないし、事情を伝えれば喜んで口を噤んでくれるだろうと考えた。

ルイーゼに俺と同じ恐怖を味わわせたくはない。一刻も早く助け出して無事な姿が見たい。

だが……。

「もしルイーゼに何かあったら絶対に許さない……」

御者台で馬に鞭を振るいながら沸々と湧き上がってくる怒りを懸命に抑えた。

◇恐怖

重い瞼をゆっくりと開く。薄く開き始めた視界に黄ばんだ天井が映る。見知らぬ場所に寝かされているのだと悟る。

一体ここはどこで、なぜここにいるのだろう。まだ靄のかかった記憶を懸命に辿る。記憶に残る最後の映像は、ニヤリと笑って私を見ていたモニカさんの顔。――そうだ、モニカさんと話したのを最後に記憶が途切れたのだ。

意識が覚醒してくるにつれ、今自分が置かれている状況が徐々に掴めてきた。ベッドの上に寝かされて両手を背中側でひと括りに縛られているようだ。両足首も何かで拘束されているようだ。

動かないようにしていたので目覚めたことには気付かれていないと思うけれど、部屋にいるのは私だけではないようだ。薄目を開けて確認してみると若い男が1人、壁際の椅子に座っているのが見えた。

どうやら見知らぬ場所に監禁されて見張られているらしい。今この部屋にはいないようだけれど、モニカさんが一枚噛んでいるとみて間違いないだろう。

一体目的は何だろう。私は暴行されてしまうのだろうか。それほどまでにモニカさんに憎まれていたのかと考えて悲しくなる。前世から通しても他人に激しい憎悪を向けられたことなどなかったから。

突然ガチャリと扉の開く音がする。見張りの男とは別の誰かが入ってきたようだ。目を瞑ったまま耳を澄ませて集中する。聞こえてきたのは若い男の声だ。

「なあ、その子、まだ目ぇ覚まさねぇ？　退屈でしょうがねぇ」

「ああ、まだだな。目覚めるまでは手を出すなって言われてるからなぁ。報酬のためだ。我慢しろ」

「あの女も本当にえげつないよな。俺は別に眠ったままでも構わないんだがな。ククッ」

怖い、怖い、怖い！　いくら鈍い私でも男たちが何について話しているかくらいは分かる。

目が覚めたら間違いなく襲われてしまう。目覚めるまでは手を出すなというのはモニカさんの指示だろうか。

それにしても一体どのくらいの時間意識を失っていたのだろうか。はっきりとは分からないけれど、さっき薄目を開けたときに見た窓の外は暗くなっていた。戻ってきたオスカーがすぐに気付いてくれたと思いたい。

とはいえいまや貞操どころか命すら風前の灯火……。いざとなったら腕が千切れようが足が折れようが全身で力いっぱい抵抗してやる。けれど今できるのは精々寝たふりをして襲われるのを遅らせることくらいだ。

(神さま、助けて！　オスカー！　……アルフォンスさま！)

もしかしたらたとえ命が助かったとしても二度とアルフォンスさまの前に姿を現せなくなるかもしれない。ああ、あのとき——今日の昼休み、最後に少しだけでも話しておけばよかった。アルフォンスさまの悲しげな笑顔が瞼の裏に浮かぶ。

「おい。この子、もう目ぇ覚めてんじゃねえ？　30分は経ってるぞ」

「ふむ、狸寝入りってやつかもな……。無理矢理起こしちまうか」

男たちのうちの1人がこちらに近づいてくる足音がする。怖くて堪らなかったけれど呼吸を整えて意識のないふりを続けることに集中した。

男の気配がすぐ側まで近づく。そしてゴツゴツした何かが肩の上に置かれた瞬間、突然扉の外でガタンッと大きな物音がした。

「おい、待て……。ちょっと様子を見てくる。お前はその女を見張ってろ」

入口に近いほうの男が小さな声で指示を出したあと、扉を開けて出ていく音がした。そしてそのあと肩に触れていたものが離れ、すぐ側で男が息を呑んだのが分かった。

目の前まで迫っていた危機からとりあえず回避できたことに安心した。一体あの音はなんだったのだろう。確かめたいけれど男の気配がすぐ側にあるので薄目を開けることすらできない。

仕方がないので耳に入ってくる音に全神経を集中させることにした。

◇侵入

学園から馬車を10分ほど走らせたところで目的のアパートを見つけた。少し離れた場所に馬車を停車させたあと、馬車の扉を開けてモニカの頭を掴みその顔を強引に目的のアパートへと向けて指差しながら尋ねる。

「ねえ、あそこで間違いないかな？」

猿ぐつわを噛んだままのモニカがコクコクと頷く。

「そう、じゃあしばらくここで大人しくしててね」

怯えきった表情を浮かべるモニカを再び座席に押し込み、馬車に乗る前に羽織ったローブのフードを深く被り直し、腰に吊り下げた剣の存在を確認した。

目的のアパートはかなり古い3階建ての建物で、あまり大きくはない。目的の部屋は3階の一番奥にあるという。

侵入するにあたり、建物の周囲を確認する。破落戸らしい男の姿は見えない。アパートは2階建ての民家に挟まれており、50センチほどの隙間しか空いていない。

さらに近づいてみる。建物の入口の扉は古い木製でドアマンもいない。仮住まいとはいえ、とても貴族令嬢の住居とは思えない。侵入するには好都合だ。

そのまま表の扉から静かに侵入する。入ってすぐの左側に1階の住居に続く廊下、右側に上へと続く階段がある。2階に上がる途中の踊り場まで進んで、階上の様子を窺う。人の気配がないのを確認してから、再び慎重に階段を上る。そしてようやく3階へ続く踊り場まで辿り着いた。

姿勢を低くしながら階下から覗き込むように3階の廊下を確認する。どうやら廊下には誰もいないようだが、突き当りの奥の部屋から扉越しに男たちの話し声がする。あの部屋にルイーゼが監禁されているのだろうか。話の内容までは聞き取れないが、最低でも2人の男がいるようだ。

階段を上がってすぐの所に身を隠せそうな空間があったので、すかさずそこへ移動する。足元には清掃用具が置いてある。モップ、バケツ、雑巾などだ。壁の陰から奥の部屋の様子を窺いながら考える。なんとか部屋の中の男を誘い出せないだろうか。

腰の剣を抜いたあと、足元に置いてあったバケツを拾い、階下へと落とす。バケツが2階へ続く踊り場に転がり落ちてガタンと金属音を響かせた。再び身を隠し、壁の陰から奥の部屋の様子を窺う。この音なら奥の部屋の中まで聞こえたはずだ。

部屋の中の話し声が急に小さくなったことで気付かれたであろうことを悟る。何人出てくるかは賭けだ。話し声が止んだあとに若い男が1人、ゆっくりと扉を開けて出てきた。男は辺りを警戒しながら階段のほうへ慎重に近づく。そして階段の手摺りから下を覗き込んだ。

今が絶好の機会だ。男が背中を向けた瞬間、後ろから素早く近づいて声をあげさせないよう口を覆った。そして左腕を男の首に回し絞めつける。

「ウグッ……!」

小さな呻き声を男の体から力が抜けて一気に体重が腕にかかる。そのまま男の体を引き摺り、先ほどまで隠れていた空間に運んだ。念のため男の持っていた短剣を奪っておく。

再び奥の部屋の様子を窺うが特に動きがないので気付かれなかったようだ。そのまま奥の部屋まで慎重に足を進め、途中にある手前の部屋の扉のノブを静かに回す。モニカに聞いていた通り空き家のようだ。伏兵の心配はないだろう。あとは突き当りまで全く隠れる場所がない。音を立てないよう気を付けながら真っ直ぐ足早に奥の扉へと向かった。

ノブに手をかけ扉を開き、ようやく中へ突入する。だが部屋へ入った途端目に飛び込んできた光景に戦慄する。若い男がルイーゼを後ろから羽交い絞めにし、首に短剣を突きつけて立っていたのだ。

「ア……！」

目が合った瞬間ルイーゼが驚いたように目を瞠り、思わず口から出そうになった俺の名前をグッと呑み込んだのが分かった。

ルイーゼが目に涙を溜めている。きっと怖くて堪らないのだろう。愛しい人に向けられた悪意に腸が煮えくり返る。そして懸命に恐怖を堪える健気で気丈なルイーゼの姿を見て胸が痛くなった。

沸騰しそうな頭をなんとか鎮め、周囲の状況を観察した。部屋の中には男とルイーゼだけしかいない。男がこちらを睨みながらルイーゼを後ろ手に拘束し喉元に短剣の刃を向けている。

部屋の中にある扉の向こうに人がいる気配はない。今対処しなければならない敵は目の前にいる男だけと見て間違いないだろう。

突然男がこちらを睨みつけて問いかけてくる。

「おい、お前……。仲間をどうした？　この女の知り合いか？　答えろ」

「あんたたちが女を連れてこの建物に入るのを目撃したから様子を見に来ただけだ。落ち着け」

「はッ！　お前が味方じゃねえのだけは確かだな。その剣を床に置け！　でないと……」

「うっ……」

短剣の刃を首に当てられたルイーゼが息を止める。少しでも動けばルイーゼを傷つけてしまうかもしれない。左手を挙げながら右手の剣をゆっくりと床に置いた。

「両手を頭の後ろで組んでそのまま窓際まで歩け。早く！」

「……」

男はこのままルイーゼを連れてどこかへ逃げるつもりなのか。ここで逃がしてしまえばもう追跡する手掛かりがなくなってしまう。どうしたら無事に助けられるだろうか。

身動きが取れない状況にギリリと歯噛みする。仕方なく言われるがまま両手を頭の後ろに回したところで、突然ルイーゼが意識を失ったように男に凭れかかった。

「おっ、おいっ！　くそっ、失神したのか！」

男の意識がルイーゼの方に向いた。膝からくずおれたルイーゼを見た瞬間、頭が真っ白になる。気を失うほどに怖かったのかと。

ところが次の瞬間、意識を失って男に支えられていたルイーゼが低い姿勢から勢いよく伸び上がって男の顎に頭突きをした。男がグッという呻き声とともに足元をふらつかせる。不意の攻撃に面食らったようだ。

「今です、早くっ！」

「この女ぁっ！」

「やっ！」

即座に持ち直した男が逆上したように怒りをあらわにして再び短剣をルイーゼへと向けた。

(頼む、間に合ってくれ！)

短剣が届く前に俺の伸ばした手がルイーゼの腕を捉えた。男の意識が完全に俺から逸れていたのが功を奏したようだ。

そのまま引き寄せてルイーゼの体を腕の中へ囲い、庇うようにクルリと敵に背を向けた。次の瞬間ルイーゼを追うように突き出された短剣が俺の右頬を掠める。

「いやぁっ！」

ルイーゼが俺を見て両手を頬に当て悲鳴を上げた。右頬に鈍い痛みを感じつつも、腕の中の愛しい人が無傷であることを確認して心から安堵する。だがすぐに前を向いて目の前の男の動きに集中した。

悔しげに顔を歪めた男が再び短剣を突き出してきた。その切っ先は俺の心臓へ向けられている。攻撃を横に躱して伸びきった男の肘を捕らえて、もう片方の腕を拘束する。そしてそのまま男の手首を背中側の高い位置まで捻り上げた。

「いててっ！　くそッ！　放せっ！」

男は痛みに耐えかねたのか握っていた短剣を床に落とした。苦痛に呻く男の膝裏に蹴りを入れて跪かせ、そのままうつ伏せに倒す。そして腕を後頭部まで捻り上げたまま男の背中を膝で押さえ込み、拾った短剣でルイーゼの手首を拘束している紐を切って指示を出した。

「使える紐を持ってきて。この男を拘束する」

「は、はい！」

男の手首を片手で拘束したまま、もう片方の腕で後ろから首を強く絞めつける。苦しそうに呻いたあとすぐに意識を失った。

だがそれでも怒りが収まらない。いっそこのまま首をへし折ってやろうかという衝動に駆られる。心の傷になり得るほどの恐怖をルイーゼに与えた罪は万死に値する。

ルイーゼが紐を持ってきたことですんでのところで我に返り、ようやく腕の力を緩めた。男の両手首を紐で縛ったあと、隣に座り込んだルイーゼの表情を窺う。

「大丈夫？　怪我は？　何もされてない？」

「ありがとうございます。私は大丈夫です。でもアルフォンスさまがっ……」

俺を見つめるルイーゼの目に涙が浮かんでいる。そしてハンカチを俺の右頬に当てながら震える声で言葉を紡ぐ。

「ごめんなさい、私のせいでこんな……。血が止まらない、ああ、どうしたら……」

「いいんだよ、俺は大丈夫だから。君が無事で本当によかった」

かなり動揺しているのか、右頬に当てられたハンカチ越しにルイーゼの手が震えているのが伝わってくる。ちらりと見るとハンカチが俺の血で真っ赤に染まっていた。思ったよりも頬が切れていたのかもしれないが、こんな傷などルイーゼの恐怖に比べたらなんということはないのに。

ハンカチを当ててるルイーゼの手をそのまま右手で覆い、左腕をルイーゼの背中に回してゆっくりと抱き寄せる。本当に無事でよかった……。

「こ、怖かったんです……。もっと、アルフォンスさまと、話しておけば、よかったって……」

「そうか。可哀想に……。もう大丈夫だからね」

涙で頬を濡らしながら嗚咽を漏らすルイーゼの頭を何度も撫でて落ち着かせる。襲われそうになっただけでなく死の恐怖にまで晒されたのだ。さぞかし怖かっただろう。

モニカも男たちも絶対に許せない。心に刻まれた恐怖は簡単には消えてくれないものだ。この先ルイーゼが悪夢に苦しめられるのではないかと思うと、再び怒りが湧き上がってくる。

ふと部屋の外の騒がしい物音に気付き耳を澄ます。やってきたのは敵か、味方か。

立ち上がって床に置いていた剣を回収し、ルイーゼを立ち上がらせて背中側に庇いながら扉側を警戒する。すると激しい音とともに突然扉が乱暴に開け放たれた。

入口から現れたのは見知らぬ男たちだ。外見から判断して破落戸の一味だろう。中でも一番身なりのいい30歳くらいの細身の男が呆れたように辺りを見渡す。

「ああ、不甲斐ないねぇ、全く。若造1人にこのざまか」

「ありゃりゃ、ウドの野郎、気を失ってるみたいですね」

部屋に入ってきた男たちは3人だった。だが廊下にも数人いる気配がする。さすがにルイーゼを庇いながらこれだけの数を相手にするのはきつい。

身なりのいい男が倒れている男たちを眺めながらうんざりした表情を浮かべる。

「このクソガキどもはヤバい仕事かどうかの判断もできねぇのか。よりにもよって学園の貴族に手ぇ出すとはな。バカはどこまでいってもバカってことか。おい、こいつを持っていっとけ」

「分かりました」

身なりのいい男がどうやらボスらしい。指示を受けた男たちの1人がウドと呼ばれた先ほど拘束した男を引き摺って扉の外にいる別の男に渡した。

男たちが何の目的で来たのかを探るために一挙一動を観察していると、ボスらしき男がニヤニヤと笑みを浮かべ、片手で顎を撫でながら告げる。

「ああ、すまんね。下の者が突っ走った後始末をしなきゃなんねえのよ。悪いけど証拠は残すなって言われてるんでね。あんたとそのお嬢ちゃんは俺たちについてきてもらうぜ。なあに、大人しくしてりゃ痛い目には遭わせねえよ」

今はな、と小さく男が呟いたのを聞き逃さなかった。このままではルイーゼともどもどこかへ連れていかれてしまう。とはいえここで抵抗してルイーゼを危険な目に遭わせるわけにはいかない。

隙を見つけてなんとかルイーゼだけでも逃がせないだろうか。そんなことを考えていると、突然扉が開いて一味の男が飛び込んできた。随分と慌てているようだ。

「ライマーさん！　数人の騎士らしき奴らに入口の仲間がやられました！」

「ああっ⁉　くそっ！　お前ら全員加勢に行け！　まさか援軍がいたとはな！　こいつらは俺だけで十分だ」

「分かりました！」

ライマーと呼ばれた男を残して、他の破落戸たちが部屋を出ていく。オスカーに頼んでいた援軍が到着したのか。あとはこのライマーという男を倒せば合流できる。

俺の後ろで震えているルイーゼに声をかける。

「危ないから下がっててね」

「あ……」

「お、にーちゃん、俺とやるつもりか?」

ルイーゼが後ろに下がったのを確認して、持っていた剣をニヤニヤしているライマーに向けて構えた。

◇取引

金属と金属がぶつかる音、怒号、そして悲鳴。——部屋の外では物騒な音が鳴り響いていた。徐々にその音が近づくにつれ、剣を構えたアルフォンスさまと対峙していたライマーと呼ばれた男が、余裕の表情から徐々に部屋の外を気にする様子を見せ始めた。

武器を構えた2人が向き合って1分ほどしたところで、ピリピリと張り詰めていた空気が突然の轟音によって壊された。

バンッと勢いよく開かれた扉から入ってきたのはオスカーとローレンツさまの2人だった。建物の中で響いていた騒々しい音から察するに大勢の騎士が駆けつけたのかと思っていた。

部屋に入ってきた2人が私を見て安心したように表情を緩めた。どうやら酷く心配をかけてしまったようで申し訳ない。

アルフォンスさまが剣を構えたまま入口の2人と目を合わせたあと、ライマーに視線を戻して話し始める。

「ライマー、だったか……。あんたたちの仲間は彼らに倒されたようだ。それでもこのまま剣を合わせるか？」

「そう言われてもねぇ。こっちは部下がやられたままのこのこ帰るわけにゃあいかないんだよなぁ」

「じゃあ、このまま捕まるか？　ここで手を引くなら外で伸びてるあんたたちの部下ごと見逃してやってもいい。ただし実行犯の2人は置いていってもらう」

「そいつぁ無理な相談だな。あのクソガキどもの後始末が俺の仕事だ」

「ほお？　だがここで捕まればそれも叶わないだろう。だがそうだな。あんたが責任もって彼らを処分してくれるなら連れて帰ってもいい。ただし見逃すには条件がある」

「……聞こうか」

「あんたもあんたの組織の者もこの事件について一切口外しないこと。あんたのボスにもそう伝えろ。もし少しでも今回の事件が明るみに出るようなことがあれば……」

「あれば？」

「あんたたちの組織を王家の名のもとに総力を挙げて根こそぎ一網打尽にする。条件を飲むなら今回のことは不問にする。実行犯の処分も任せよう」

そう言ってアルフォンスさまが腰に吊り下げていた剣の鞘を外してライマーに突き出して見せた。剣の鞘には王家の紋章が刻まれている。紋章が何を意味するか分かったのだろう。ライマーが驚いたように目を瞠った。

「そうか、お前は……。全くめんどくせえ相手に関わりやがって……。はいはい、承知しましたよ。うちのボスにもそのように伝えておきます。クソガキどもはこっちで始末をつけましょう。できればあいつらを唆した女もこっちで預かりたいんですがねぇ」

「いや、女はこっちで対処する。一応貴族だからね」

「……そうですかい。承知しましたよっと」

ライマーが肩を竦めて笑みを浮かべる。そこまでのやり取りを見ていて、アルフォンスさまが今回の事件を隠蔽しようとしているのだと悟った。恐らくは私のために。

そういえばモニカさんはどうしたのだろうか。アルフォンスさまはどうしてここが分かったのだろう。

ライマーが剣を収めたのを確認して、アルフォンスさまも剣を鞘に収めて腰に吊り下げた。

「それじゃあ、そろそろ引き揚げさせてもらいますよ。だいぶ仲間が痛い目に遭わされたようだがクソガキどもの迷惑料だ。こっちも利がねえ争いはしたくないんでね。またお会いできないよう心から願いますよ」

ライマーは出入り口の方を向いてそのまま部屋から出ていった。安堵の息を吐いたあと、ローレンツさまとオスカーに向かって深く頭を下げた。

「ローレンツさま、オスカー。助けに来てくださってありがとうございます。そしてご心配をおかけして申し訳ありませんでした」

「いや、貴女が無事で本当によかった……」

「ありがとうございます」

ローレンツさまが私の顔を見て安心したように頬を緩めた。続いてオスカーが私の顔を心配そうに覗き込んだ。

「姉上、大丈夫ですか？　怪我はありませんか？」

「ええ、私は大丈夫よ。それよりもアルフォンスさまが……」

側にいたアルフォンスさまの右頬の傷へ恐る恐る手を伸ばす。触れる手前で手を止めて、傷の様子を見る。出血はすでに止まっているようだが傷が深そうだ。一刻も早く手当てをしなければ。

「アルフォンスさま、申し訳ありません。私のせいでお顔にこんな……」

「なに、君が無事だったんだ。こんな傷くらい大したことはないよ」

「そんな……」

もしかしたら傷痕が残ってしまうかもしれない。そう思うとまた涙が浮かびそうになる。そんな私にオスカーが優しく声をかける。

「殿下もこう仰ってますし、姉上は心配しなくて大丈夫ですよ。早めに王宮の医師に診てもらえば大丈夫でしょう。ところで殿下、モニカ嬢はどうします？」

「そうだなぁ。とりあえず拘束したまま一時的に学園の懲罰室にでも入れておこう。部屋の手配はこっちでやるよ。彼女には日を改めて事情聴取をする。ローレンツ、オスカー、来てくれてありがとう。助かったよ」

「恐れ入ります」

アルフォンスさまがニコリと笑いながら礼を告げると、ローレンツさまが微笑んで一礼した。

アルフォンスさまの傷が気になるけれど、ようやく家に帰れると思ったら緊張が解けたのか急に膝がガクガクと震え始めた。無我夢中だったときは自覚がなかったけれど本当は怖くて堪らなかった。今このときも意識を失いそうなくらい何もかもに疲れ切っていた。

◇下された罰

事件の翌日学園で会ったアルフォンスさまの右頬の傷があまりに痛々しくて胸が詰まりそうになった。「少しずつ薄くなるから心配しないで」と笑ってくれたけれど激しい罪悪感に苛まれる。

反対されるかもしれないと懸念しながらも、モニカさんとの面会に同席させてもらえないかとアルフォンスさまにお願いした。予想通り、アルフォンスさまとオスカーにはとんでもないとばかりに反対された。

「どうせろくなことは言われないよ。わざわざ傷つきに行く必要はないでしょ」

「そうですよ。姉上が直接会う必要はありません」

2人の言うことは理解できる。けれどモニカさんの本心を暴くにはきっと私がいたほうがいい。きっと私にだけは本音をぶつけてくるだろうから。

「ご心配くださってありがとうございます。ですがモニカさんはきっと私に対して何か思うところがあってあのようなことを計画したと思うのです。私がそれを正面から受け止めなければ、きっと彼女はいつまでも前進できない。ですからどうか面会をお許しください」

半ば強引に願いを聞き入れてもらい、モニカさんが囚われている学園の懲罰室へと連れていってもらった。

懲罰室付近の人払いは予め済ませてあったようだ。外鍵を開けて扉を開くと、部屋の奥にある簡素な椅子にモニカさんが座っているのが見えた。手足は拘束されていない。所在なさげに両手を膝の上に乗せている。

懲罰室は予想外に広く、剥き出しの石壁に囲まれた部屋は5メートル四方くらいある。中の左奥に簡易ベッドが置いてあり、右壁中央に机、そしてトイレとシャワーがあるであろう場所へ続く扉が右奥にある。

アルフォンスさまは扉の外で待機し、オスカーは万が一の事態に対処できるようにと私についてきてくれた。

オスカーが先に近づいてモニカさんの手足を拘束した。拘束されたことにショックを受けたのか、目から涙を溢れさせてオスカーに懇願するような眼差しを向ける。

「オスカーさま、どうか助けてください！　誤解なんです。私、そんなつもりじゃなかったんです！」

「いくら言い繕ったところで破落戸たちから証言を得ています。本当に貴女という人は……。姉に近づくなとあれほど忠告したのに」

「そんな……本当に私……」

変わらず悲しそうな表情を崩さないモニカさんを見て、オスカーが呆れたように溜息を吐いた。２人きりでなければ恐らく本音を引き出せないと考えて、オスカーにも部屋を出てもらう。先が思いやられるけれど、それでもちゃんと向き合わなければ。

「それでモニカさん、貴女はなぜあんなことをしたの？」

「……なんのことかしらぁ？　記憶にないんだけど？」

先ほどの悲しそうな表情から一変して、薄ら笑いを浮かべたモニカさんはそっぽを向いたまま目も合わせようとしない。オスカーがいなくなった途端にこれだ。ここまで見事な掌返しにはいっそ清々しさすら感じる。

このままのらりくらりと躱され続けるのも時間の無駄だと考えて、質問の仕方を変えてみることにした。感情的なモニカさんにはこのほうが効果的かもしれない。

「こんな卑怯な手を使うなんて。貴女、正攻法じゃ私に敵わないとでも思ったのではなくて？」

私の言葉を聞いたモニカさんがギラリとした眼差しで睨みつけてくる。

「ハンッ！　ふざけないでよ！　誰があんたみたいなケバい女に敵わないなんて思うもんですか。バッカじゃないの？　あんたがことごとく私のイベントを潰して攻略対象になりふり構わず媚びまくるからよ。ヒロインは私なんだからね。あんたなんかお呼びじゃないの」

挑発に乗ったモニカさんの言葉を聞いてなんだか頭痛がしてきた。動機については概ね予想通りだったけれど、あまりに自分本位な発言に心底呆れてしまう。

モニカさんには私が転生者だとは悟られていないはずだ。それなのに『イベント』『攻略対象』『ヒロイン』などと、転生者でもない私に意味不明な言葉を並べ立てて持論を展開したところで本来ならば通じるわけなどないのに。

「その『イベント』というのが何なのかもよく分からないし、私は誰にも媚びたりなんかしていないわ」

「よく言うわよ、皆と仲良くなったくせに！　本当は皆が私に夢中になるはずだったのよ。あんたというバグのせいでこのゲームが思うように進まなくなっちゃったんじゃない。全部あんたのせいなんだからね！」

バグ——つまりゲームを進行させるためのプログラムに存在する欠陥のことだ。私には悪役令嬢に加えバグ令嬢という称号もあるらしい。

「モニカさん、貴女が何を妄想しているのか知らないけれど、この世界は貴女の言う『ゲーム』ではないし妄想の中の世界でもない……正真正銘現実の世界なのよ。仮に私がいなかったとしても貴女みたいに自分本位な言動をする女性を本気で愛してくれる人がいるかしら」

「私は何をしても可愛いから許されるの。これまでずっとそうだったもの。前世でも幼いころも。皆、喜んで私の言うことを聞いてくれたわ。なのにどうして……！」

モニカさんがギリリと歯噛みして憎々しげに睨んでくる。どうやら自分本位な性格は前世からのもののようだ。

「あんたなんかこの世界から消えればいいのよ！　いなくなっちゃえ！　アルさまも王妃の座も私のものなんだからっ！」

「そんな理由であんな酷いことを指示したというの？　私が邪魔だから？」

「そうよ！　あんたみたいな悪役令嬢が社交界から消えたら皆感謝するに決まってるんだから！」

モニカさんが怒りに顔を歪ませ、ストロベリーブロンドの髪を振り乱して叫ぶ。根拠のない支離滅裂な言葉を投げかけられてどう会話を続けようかと頭を抱え始めたところで、突然入口の扉が開いた。

「そこまでにしてもらおうか」

「アルさまぁ！」

「アルフォンスさま、オスカー……」

とうとうアルフォンスさまとオスカーが扉を開けて入ってきてしまった。よく見るとアルフォンスさまの右手には紫色の布に包まれた四角いものが携えられている。

ゆっくりと歩み寄りモニカさんを見下ろしたアルフォンスさまの表情には、あからさまな侮蔑の色が見て取れた。

「モニカ嬢。扉の向こうで君の言い分は全部聞かせてもらった。実に幼稚で救いようがない。愚かすぎて笑えたよ。そんな身勝手な理由でルイーゼが害されたかと思うと吐き気がする」

「アルさま、そんな……。私は貴方の命を助けたのに！」

目に涙を浮かべて訴えるモニカさんを見てアルフォンスさまが表情を歪める。

「最初から随分馴れ馴れしいと思っていたが、私の愛称を呼ばないでくれるかな。それと以前私を助けたと言ったのもクッキーを作ったと言ったのも、全て嘘だと分かっていたよ。ルイーゼが害されるといけないと思って無難に接してきたが、元々君に対しては軽蔑こそすれなんの関心もない」

「嘘……」

信じられないとばかりに目を見開くモニカさんに向かってアルフォンスさまが冷笑する。

「嘘じゃない。いくら綺麗ごとを並べても、相手の目を見れば欺瞞の有無なんて案外分かるものなんだよ。君のような悪質な女から身を守るために随分と鍛えられてきたからね」

「そんな！　私は心からアルフォンスさまをお慕いしてますのに！」

「君のその『心』とは何だろうね。君が私の何を知っているんだか。外見がよければそれでいいのだろう？　そんな薄っぺらいモニカ嬢に私から贈り物があるんだよ」

「贈り物……ですか？」

「うん」

さすがに素直には喜べないようで訝しそうに首を傾げるモニカさんに、アルフォンスさまが手に持っていた紫色の布に包まれた何かを掲げた。懲罰室の机の上で幅30センチほどの箱状の包みを丁寧に開いていく。そして剥き出しになった木箱の蓋をゆっくりと開けた。

アルフォンスさまが手袋をした両手で慎重に箱から取り出したものは、見るからに不気味な木製の仮面だった。木目が見えないほど黒に近いダークブラウンで卵型をしている。目と鼻と口の所にだけぽっかりと穴が開いている以外は何の装飾も施されていないのっぺりとしたものだ。何の変哲もない仮面なのにどことなく禍々しさを感じさせる。

「さあ、これを着けて。君に似合うと思うよ」

拘束されてなんの抵抗もできないモニカさんの顔に仮面が被せられた。アルフォンスさまが仮面から手を離してもなぜか落ちることもなく吸い付いたように顔から離れない。

間もなく仮面の縁からシュルシュルと半透明の茨の蔓のようなものが出てきた。蔓はモニカさんの後頭部に回り込むように絡まり、そのままピタリと仮面が顔に貼りついた。いきなり目の前で繰り広げられたファンタジーな現象に唖然としてしまい見守ることしかできない。

モニカさんが得体のしれない何かを振り払うように頭を左右に振る。

「えっ、えっ、何!?　なんですか、これ!?」

「これは昔、遥か西の森に住む魔女から王家に贈られた呪……祝福の品でね。『真実の仮面』というんだ。伝わっている内容が怪しすぎて疑わしいと思っていた。君に着けてもらって本物だということが分かったよ」

「『真実の仮面』……？」

「ああ。着ける者の心を映す仮面らしい。いかに醜い顔立ちであろうと美しい心を持つ者が着けるとその心を映すかのように顔立ちが美しくなるそうだ。だけど醜い心の持ち主が着ければ……あとは分かるよね」

「えっ……あっ、ああっ！」

驚いたことにモニカさんの顔を覆っていた仮面が血の通った肌のように質感を変えて浸透していく。土気色の肌の所々に茶色の鱗のようなものが生え、瞳は爬虫類のように鈍く光っている。

最終的にはモニカさんの顔がまるで半分蛇のように変化していた。アルフォンスさまが呆れたように溜息を吐き、懐から取り出した手鏡を向ける。

「ウウ……顔が……私の顔が……声もォ！」

鏡に映った自分の顔を見て驚き嘆くモニカさんの声を聞いて驚いた。もとの可愛らしい声ではなく、聞きづらいほどにしわがれた声に変化していたのだ。もはや完全に別人といってもいいほどだ。

「これが君の『心』の形ということか……。さすがは魔女の祝福というべきか。ちなみにこれは一度着けたら一生外れないらしい。というか君の顔に同化したようだからね」

「そんな！　この醜い顔が私の心……」

「モニカ嬢、君にはこのまま学園を去ってもらう。すでに手続きは済んでいる。それにしても外見という唯一の武器がなくなった君はこれからどう生きていくのだろうね。君の周囲の人間がこれから君をどう扱うか分からないが、どんな結果になったとしても自業自得だ。まあ、心が美しくなれば見た目も変化するかもしれないが」

淡々と話すアルフォンスさまの言葉を聞いて、モニカさんはその爬虫類のような瞳に涙を浮かべた。いくら自業自得とはいえこれはさすがに気の毒だ。私には何も言えないけれど。

それからアルフォンスさまがクルクルと巻いた紙を懐から取り出してモニカさんの目の前で広げてみせた。

「そしてこれは君が生きている限り有効となる魔法契約書だ。今回の事件のことを口外しようとしたり、王家や侯爵家に害をなす言動をしたりしようものなら一瞬で君の命を刈り取る。この契約書にサインをしなければ今ここで私が君の命を奪う」

「分かり、ました……」

拘束を解かれたモニカさんがアルフォンスさまの命令に素直に従い大人しく契約書にサインをする。するとその契約書が一瞬だけパッと明るく光った。さすがに観念した様子のモニカさんの目はもはや何も映しておらず、絶望の影に覆われていた。

一連のやり取りを終えたあとに拘束を解かれたモニカさんが懲罰室から解放される。もはや弁解することもなく、私の方をチラリとも見ずに肩を落として部屋から出ていった。

モニカさんの姿が見えなくなったあとで、アルフォンスさまが少しだけ悲しげな表情を浮かべて私の方を見た。

「ルイーゼ、俺にはモニカ嬢の言っていた言葉の意味が全く分からなかった。『イベント』、『ゲーム』、『前世』――君がそれらの言葉を聞いても特に疑問を感じているようには見えなかった。それって……。いや、すまない。いつかその気になったらでいいんだ。そのときは君のことをもっと教えてほしい」

「アルフォンスさま……」

答えを本当はすぐにでも知りたいのだろうと感じた。けれどアルフォンスさまの声に強制するような響きなど全くない。

（私が話せるまで待ってくださるのね……）

そんなアルフォンスさまの優しさが胸に染みて、同時に湧き上がった罪悪感に胸がズキリと痛んだ。

4章　美味しいパンのお店

◇最高のパン

モニカさんのことで気持ちが沈んだままクラブに参加した。今日のお題はカップケーキだった。綺麗に膨らんだお菓子を目の前にして心が躍る。

（やっぱりお菓子を作ると気持ちが晴れるわ。あら……？）

カップケーキを口にしながら笑顔を浮かべる部員の中でカミラだけがなんだかぼんやりとしていて浮かない顔をしている。

（なんだか元気がないみたい。どうしたのかしら……）

いつも明るいカミラのいつにない様子が妙に気にかかった。もし何か悩んでいるのであれば力になれないだろうか。

「カミラ……」

「あ、ルイーゼ。貴女の教えてくれたお菓子はどれも美味しくって、以前にも増してクラブ活動が楽しいわ。ありがとう」

「ううん、私も皆と一緒にお菓子が作れてとても楽しませてもらってるわ。ありがとう」

ウフフと笑うカミラの顔を見ると先ほどの表情は思い過ごしだったのかと感じた。けれど笑顔のあとに吐いた小さな溜息を見逃さなかった。

「ねえ、カミラ。何かあったの？　私では力になれない？」

「あ……。ごめんなさい、気を遣わせちゃったわね」

カミラが苦笑して少し視線を落とす。話そうかどうか悩んでいるのか、しばし逡巡した様子を見せたあと、私の顔を見て答えた。

「ルイーゼ、ありがとう。……実はね、うちの屋敷には4年ほど前まで働いてくれていたマルクという料理人がいたのよ。彼はうちの屋敷を辞めたあと王都の大通りから少し入ったところに小さなパン屋を開いたの。息子のロイは今12歳なんだけど、屋敷にいたころからよく一緒に遊んでいて仲良しだったのよ。だからマルクが辞めたあとも、彼のパン屋さんによく足を運んでいたの。マルクのパンはとても美味しくて優しい味ですぐに大好きになったわ。マルクと奥さんのニコラとロイと家族3人で頑張ってお店の経営も順調になってきていたのだけれど、3カ月前に突然マルクが病気で亡くなってしまったの」

「まあ、お気の毒に……」

カミラが俯いて悲しそうに頷いた。

「ええ、本当に。私はそれを聞いたとき本当にショックで……。それでもニコラとロイと親子2人で何とか頑張ってパン屋を続けていたの。ところがこの間パンを買いに行ったときにロイが怪我をしていたのよ。どうしたのって尋ねたら、伯父さんから突き飛ばされたって」

「そんな、酷い……」

「ええ。それで事情を聞いて驚いたのだけれど、お店を開くときにマルクがその伯父さんに借金をしたらしいの。マルクが生きているときは少しずつお金を返せばいいという話だったのに、3日前に急に全額返せと言われたらしいの。返せないなら店を畳んで出ていけって。それで待ってくれるようにロイが伯父さんに縋ったら、煩いって言われて突き飛ばされたらしいわ」

「子ども相手に乱暴なことをするわね」

「ええ、私も腹が立ったわ！　それに急にお金を返せと言われても、大金なんてすぐに準備できるわけないじゃない？　ただでさえお葬式をあげたばかりでお金がないはずなのに。ロイたちはあのお店がなければ生きていけないわ。手助けできないかと思って借金の金額を聞いたけれど我が家が助けてあげられる金額じゃないのが悔しくて……！　ロイに何もしてあげられないのかなって考えてしまって……」

「そうだったの……」

優しいカミラは幼馴染のロイとその母が路頭に迷うかもしれないという現状を憂えていたの

だ。面識のない私ですら話を聞いて腹が立ったし、手を差し伸べたいと思ってしまった。

何かロイたちを救ういい手立てはないだろうか。我が家で借金を立て替えてあげられないだろうか。立て替えたお金はゆっくり返してもらえばいいし。

「ねえ、カミラ。もし貴女さえよければ、今日の帰りに私を『ロイのパン屋』に連れていってもらえないかしら？」

「えっ！　それは構わないけれどどうして？」

「だって美味しいパン屋さんって気になるじゃない？」

「食いしん坊ね」と言ってカミラが呆れたように笑う。

前世でお菓子だけでなくパンもよく作っていた。パンを膨らませるために前世ではドライイーストという食材を使用していたのだけれど、この世界では果物から作った特別な酵母が使われているらしい。ドライイーストを使わないレシピを知らないので本格的なパンがどのように作られているのか、とても興味があるのだ。

学園を出たあとカミラに連れられて件のパン屋へ向かった。店は王都の大通りから少し入った細い通りにあって、通りには様々な食料品店が立ち並んでいる。ちょうど夕方というのもあって、かなり人通りが多い。

店舗は古い2階建ての木造の建物だ。銅製の枠の大きめの窓が通りに面して2つ並んでおり、そこから店内の様子が窺える。

入口の木製の扉の右上に、木製の吊り看板がかかっている。看板の中央にはコッペパンの絵が立体的に掘られていて狐色に着色されており、その上に朱色で『ロイのパン屋』と書かれていた。亡くなったマルクさんの深い愛情が感じられて切なくなってしまう。

入口の扉を開けて店の中へ入ると、壁沿いにパンを載せる陳列棚があった。夕方だからなのか棚の上には僅かなパンしか残っていない。食パン、ロールパンなど、主食用のパンのみの品揃えだ。

「いらっしゃいませー！　あっ、カミラ！」

元気よく迎えてくれたのは、まだ表情にあどけなさの残る少年だった。耳にかかるくらいの長さの薄茶色のくせっ毛に、長い睫毛の下の琥珀色の瞳がパッチリとしていて、女の子と見間違えそうなくらいに可愛らしい顔立ちだ。

カミラが少年ににこりと笑いかける。

「こんにちは、ロイ。こんにちは、ニコラさん。今日はお友だちを連れてきたの」

「こんにちは、カミラちゃん。いつもありがとう。お友だちもよくいらっしゃいました」

30代くらいの女性がカウンターの向こうから微笑みながら挨拶をしてくれた。ニコラさんは薄茶色の髪を後頭部ですっきりと纏め上げていて、瞳はロイくんと同じく琥珀色だ。一目で親子と分かるくらいに顔立ちが似ている。

可愛らしい顔立ちではあるけれど少しやつれている。あまり眠れていないのか目の下に隈ができている。

カミラが来たことがとても嬉しいらしい。好奇心を顕わに琥珀色の目をキラキラと輝かせながらロイくんが話しかけてきた。

「カミラのお友だちなんですか？」

「ええ、そうよ。ルイーゼというの。よろしくね」

右手を差し出すと、ロイくんが恐る恐る自分の右手を重ねた。

「ルイーゼさまですね。ロイといいます。よろしくお願いします！」

「私のことはルイーゼって呼んで。私だけさま付けなんて仲間外れみたいだわ。フフッ」

「はい！」

元気な笑顔を浮かべるロイを見てなんだか温かい気持ちになった。カミラが可愛がる理由がよく分かる。いきなり事情を尋ねたら驚かれるだろうか。少し屈んでロイの顔を覗き込む。

「今日は少しお話を伺いたいの。驚かせたらごめんなさいね。カミラに貴方たちの話を聞いたのだけれど」

「僕たちの……？」

ロイが困惑したような表情を浮かべる。

「ええ、よかったら詳しい事情を聞かせてもらえないかと思って……」

「ルイーゼ……？」

ロイに続いてカミラも驚いたように目を瞠った。明るかった表情を俄に曇らせたロイがニコラさんのほうへ困惑したような表情を向けて、そのまま俯いて黙り込んでしまった。そんなロイを見かねてか、ニコラさんが困ったように微笑んだ。

「ロイ、扉の看板を閉店にして鍵を閉めてちょうだい。ルイーゼさん、事情というのはうちのお店のことかしら」

「ええ。なんだか大変なことになっていると聞いて」

「あらあら……。あまりひとさまにお話しできるような内容ではないのですけれど」

「立ち入ったことなのは重々承知しております。けれどよかったらお話しくださいませんか？お願いします」

ニコラさんが苦笑しながら承諾してくれた。ロイが扉の鍵を閉めたあと、皆で店の2階へと上がり、ニコラとロイとカミラと4人でテーブルを囲んで座った。

私に話した内容についてカミラがニコラさんに説明する。ロイの入れてくれたお茶を飲んでひと息ついたところでニコラさんがようやく口を開いた。

「実は私、結婚する前は天涯孤独の身の上で。今は唯一の親戚が夫の兄であるアードルフの一家だけなのです。マルクの……夫の葬式のときはまだ義兄はいつも通りだったのですが……」

ニコラが寂しげに笑う。唯一の親戚に冷たくされるのはさぞつらいことだろう。

「元々私は義兄からよく思われていないので、夫が亡くなった今となってはもう温情をかける必要がないと考えたのかもしれませんね」

「借用書はないのですか？　返済期限がきちんと記載されているものは？」

「それは義兄が持っていると思いますが、返済期限が記載されていたかどうかははっきりとは分かりません。亡くなった夫と義兄の間で交わされた約束なので」

ニコラが睫毛を伏せて大きな溜息を吐く。あまり心証のよくない義兄に借用書を見せろと言えないのだろう。

我が家がこの店の借金を立て替えるとなれば、正確な金額を知るためにも借用書を見せてもらわなければならない。この国の法律にはあまり詳しくない私が下手に動いて取り返しのつかないことになっては大変だ。この件については宰相であるお父さまならより良い答えを導き出してくれるかも。

「おおよその金額を教えてくださいますか？」

「……約1000万リムです」

「1000万リム……。多いだろうと予想はしていましたがかなり大きな金額ですね」

この世界における貨幣価値は、前世でいうところの1円と1リムがほぼ等価と考えていいと思う。だからとても分かりやすい。

それにしても1000万リムとは……。さすがに私の一存では決めかねるので、返済の手筈も含めて一度お父さまに相談しなくては。

たとえお父さまが渋っても諦めるつもりはない。だってロイたちと美味しいパンを救うためだもの。

「分かりました。この件に関しては一度私に預からせてもらえませんか？」

「えっ、なぜルイーゼさんが……？」

「ルイーゼ、貴女、一体何をするつもりなの？」

ニコラさんが琥珀色の瞳を不安げに揺らしている横で、カミラとロイが心配そうな表情を浮かべている。

「少しだけ私に時間をください。ただ、そのアードルフさんの思惑が気になるんですよね。本当にお金を返してほしいという目的だけで貴女がたに立ち退きを迫ったのか」

「えっ……？」

ニコラさんが驚いたように目を丸くした。会話を聞いていたロイが複雑そうな表情を浮かべる。

「僕、昨日アードルフ伯父さんを王都の大通りで見かけたから、もう一度借金を待ってもらうようにお願いしようと思って伯父さんのあとをついていったんだ。そしたら大通りに新しくできたパン屋さんに入っていったの」

「えっ、あの新しくできたパン屋さん？　確か……『サンブレッド』だっけ？」

カミラが不思議そうに首を傾げた。

「うん。前からどんなパンを売っているのか気になっていたんだけど、流石に入る勇気がなくて窓からこっそり中を覗いたんだよ。そしたら伯父さんが店の奥へ入っていくのを見たんだ」

「え？　新しいパン屋さんと何か繋がりがあるのかしら……」

できたばかりのパン屋、『ロイのパン屋』への立ち退き要求、アードルフさんと『サンブレッド』との繋がり――なんだかきな臭い。

もしアードルフさんの目的が立ち退きにあるのだとしたら――そこに『サンブレッド』も絡んでいるのだとしたら、借金の返済だけでは済まないかもしれない。

「『サンブレッド』は今回の件に関わっているのかしら……」

「どういうこと……？」

私の呟きにカミラが首を傾げる。

『ロイのパン屋』への立ち退き要求と、アードルフさんと『サンブレッド』の繋がりが無関係とは思えないのよね」

「そう言われてみれば……。確かに怪しいわね」

私の疑念を聞いたカミラが眉を顰めた。

「あの、もしよかったら売れ残りのパンを買い取らせてもらっていいでしょうか？」

「ルイーゼさん、パンはどうぞ持っていってくださいな。私たちのためにわざわざ時間を割いてくださったのですから、お金なんていただけません。ロイ、残りのパンを全部包んで持ってきてちょうだい」

嬉しそうに階下へ降りていったロイがしばらくして大きな紙袋を2つほど持って上がってきた。

「どうぞ！　焼き立てではないけど、うちのパンは美味しいよ。父さんのレシピは最高なんだ！」

「ありがとう、ロイ。ここで1ついただいてもいいかしら」

「もちろん！」

紙袋からバターロールを1つ取り出し、ひと口分を千切って口にした。ロイが太鼓判を押したマルクさんのパンはフワフワで食感が柔らかく、とても優しい味がした。噛んでいると酵母独特の仄かなアルコール臭が鼻に抜ける。ドライイーストのパンでは味わえないフルーティな香りだ。

「とても美味しいわ！　香りが豊かで、柔らかくて優しい味ね」

「うん、うちの……父さんのパンは最高なんだ！」

「ロイ……」

ロイがほんの少しだけ目を潤ませて明るい笑顔を見せた。父親が残してくれたパンに毎日囲まれて、その愛情を忘れられるはずなどない。きっとニコラさんもロイも未だ愛する人を亡くした悲しみから抜け出せないでいるに違いない。２人の気持ちを察すると胸が苦しくなる。

明日は帰りに『サンブレッド』のパンを買ってみよう。食べ比べれば何かヒントが見えてくるかもしれない。そんなことを考えていたら、いつの間にか紙袋のバターロールを3個ほど平らげてしまっていた。

◇夢の結晶

夜、王宮から帰ってきたお父さまに相談をした。オスカーにも同席してもらっている。

話を聞いたお父さまが顎に指を添えて何やら考え込んでいる。目の前にはひと口だけ千切られたバターロールが皿に載せられている。しばらくしてゆっくりと口を開いた。

「なるほど確かに美味いな。それでお前は投資の一環としてその親子のパン屋の借金を立て替えたいと」

「はい。『ロイのパン屋』のパンは庶民的な価格にもかかわらず、王宮で作られる高級なパンにも劣らない品質です。私はそこに可能性を見出したのです。もちろん彼らに同情する気持ちが全くないとは言えません。ですが、健全に営業を続けられる環境さえ整えてあげれば、投資しても十分に利益が見込めると予想しています」

知り合いの借金を立て替えたいからお金を貸してほしいとはさすがに言えなかった。そこで投資という名目で相談したのだ。

「ふむ……分かった。こちらで代理人を立てて、きちんと書類を確認したうえで返済処理をする。新たな契約書も作ろう。ただしルイーゼ。この先は慎重に行動しなさい。お前の話を聞いた限りでは、どうも裏がありそうだ。相手の出方の予想がつかないからね」

「ありがとうございます、お父さま！　重々気を付けます」

お父さまが茶色の瞳を優しく細めた。お父さまに相談してよかった。

「それにしてもルイーゼ、お前は随分変わったな」

「そうですか？」

「ああ、前はもっとこう……」

「お花畑って感じでしたもんね、以前の姉上は」

「オスカー、酷いわ！　否定できないけど……」

「フッ」

「お父さままで酷い！」

笑い続ける2人を見ていたらなんだか可笑しくなって一緒になって笑った。


翌日、学園の帰りに1人で街へ向かった。目立ってはまずいと考えて、今朝は縦ロールをセットしなかった。

学園ではなんとなく周囲が騒がしかったけれど、特に気にはならなかった。そんな私の横でカミラとオスカーが大きな溜息を吐いていた。

昼休みに偶然会ったアルフォンスさまが酷く驚いて、「そんな無防備な……。ルイーゼはいつもの格好のほうがいいんじゃないかな」とよく分からないことを言っていた。好みが変わってしまったのだろうか。

少し離れた場所で馬車を降りて、問題のパン屋『サンブレッド』へと足を運んだ。夕方というのもあって通りを歩く人が多い。少しどきどきしながらパン屋の入口の扉を開いた。

サンブレッドの店舗内は『ロイのパン屋』よりも遥かに広く、多くの客で賑わっていた。バターロールとコッペパンを1個ずつ取ってトレーに載せたあと、会計を済ませるべく店のカウンターへと向かう。

会計をしてくれたのは若い男性店員で、私の顔を見て終始ニヤニヤと笑っていた。紙袋を受け取るときに手を触られそうだったので急いで紙袋を受け取った。何か話しかけられそうになるのを「どうも」と遮ってさっさと店を出た。

大通りから抜けたところにある街の広場に設置されているベンチに座って紙袋を開けた。袋からバターロールを取り出しひと口分だけ千切って口にする。

「これは……」

口に入れたバターロールは、本当に今日焼いたものだろうかというくらいにパサパサしていた。食感もロイのパンに比べると硬い。

けれど何よりも気になったのはパンの香りだった。酵母の香りが薄目なのはいいとしても、小麦の香りがロイのパンに比べて圧倒的に悪いのだ。例えばご飯でいうと新米と古米くらいの違いがある。焼いて時間が経っているだけとは思えない。

パンの断面を見てみる。気泡が大きくて粗い。ロイのパンは気泡が細かかった。はっきり言って味も香りもロイのパンとは雲泥の差だ。

それなのに値段が高い。大通り沿いという立地のせいもあるかもしれないけれど、品質から推測して原価がロイのパンよりも高いとは思えない。技術以前の問題ではないのだろうか。

口直しに……もとい、比較するために『ロイのパン屋』へと向かう。ここからは歩いていける距離だ。

店の通りへ入って近くまで来たときに驚くべき光景が目に飛び込んできた。知らない男が『ロイのパン屋』の吊り看板に手を伸ばし、ロイが泣きながらその男に縋りついていたのだ。

「やめてください！　お願いします！　それは父さんが作った大事な看板なんです！」

「煩い！　こんな物があるからいつまでも店を畳まないんだろう！」

「やめてっ！　やめてよう！」

突き飛ばされた拍子にロイが転んでしまった。その光景を見て咄嗟に駆け寄って地面に膝をつくロイの背中を起こした。

「大丈夫⁉」

「ルイーゼ……。うん、大丈夫。ありがとう」

子ども相手にこんな乱暴なことをするなんて。怒りのままにキッと男を睨んで立ち上がった。

「その看板に触らないでください！　なぜこんな乱暴なことをするんですか！」

「はあ？　あんたは何者だ？　ここは私が金を出している店だ。何をしようが私の自由だ！」

その言葉を聞いて、目の前の傍若無人な男がアードルフさんなのだと分かった。だからといってこんな乱暴な所業を見過ごすわけにはいかない。

手を伸ばして看板を外そうとするアードルフさんの腕を懸命に引っ張った。すると突然こちらに向き直ったアードルフさんにドンと肩を押される。

「煩わしい！　邪魔をするな！」

「きゃっ」

強く突き飛ばされて後ろに転倒しそうになった瞬間、倒れそうになった体が温かな何かに支えられた。

「随分乱暴なことをしますね」

聞き覚えのある声に後ろを振り向くと、そこにいたのは翡翠の瞳に怒りの色を滲ませたローレンツさまだった。一体なぜこんなところにいるのだろう。

ローレンツさまが「大丈夫ですか？」と言って立たせてくれたあと、前に出てガシッとアードルフさんの腕を掴んで看板を外そうとする行為を阻む。

「何をする！　放せっ！」

「そうはいきません。貴方が力で押し通そうとするなら、こちらも力で阻止させてもらいますよ。それとも人間らしく話し合いますか？」

アードルフが懸命に腕を動かそうとするがびくともしない。悪あがきを続けるアードルフさんの顔が苦痛に歪む。どうやらローレンツさまがさらに力を込めたようだ。

「い、痛い、やめてくれ！　話す、話すからっ！」

アードルフさんが観念したことで、ようやくローレンツさまが手を離した。痛みから解放されたアードルフさんが安堵の溜息を吐く。

「分かってもらえて何よりです。ルイーゼ嬢、念のため私も同席させてもらいます」

「ローレンツさま、ありがとうございます。でも一体なぜここに？」

「巡回中貴女がこの通りに入るのを見かけたので声をかけようと追ってきたら、何やら揉め事に巻き込まれているようだったので」

「そうだったのですか……。助かりました」

ちらりと見ると、ロイが看板を見つめて目を細めている。その表情を見て切なくなった。さらによく見ると肘を擦り剥いているようだ。二度も怪我をさせるなんて本当に酷いことをする。

「ロイ、ニコラさんは？」

「母さんは買い物で今留守なんだ。店番をしていたら、アードルフ伯父さんが看板に手をかけているのに気付いて外に飛び出してきたんだよ」

「そうだったの。怪我の治療をしなくちゃね。アードルフさん、少しお話をお伺いしたいので店の中へご一緒してもらえませんか？　ロイ、場所を借りるわね」

「うん、いいよ。あの……ローレンツさま？もありがとうございます」

「どういたしまして。私も店の中へ入らせてもらうよ」

アードルフさんが仏頂面で店の中へと入っていく。とはいえ先ほどまでの不遜な態度はどこへいったのかというほどの大人しさだ。すぐ側を歩くローレンツさまが怖いのかもしれない。

店の中でロイの傷を治療しながらしばらく待っていると、買い物袋を抱えたニコラさんが戻ってきた。いきさつを説明すると両手で口を押さえて青くなっていた。

ロイを店番に置いて、ニコラさんに店の2階へ案内してもらう。そしてニコラさんとアードルフさん、そしてローレンツさまと4人でテーブルを囲んで座った。

「早速ですがアードルフさん、当クレーマン侯爵家でこちらの『ロイのパン屋』の借金を全額立て替えさせていただきます」

「「えっ!?」」

私の話を聞いて驚いたのはアードルフさんだけではなかった。昨日の時点ではっきり立て替えると明言したわけではないので、突然の申し出にニコラさんが驚くのも無理はない。

「ルイーゼさん、それは……。それに侯爵家って……」

困惑している様子のニコラさんに小さく頷き、アードルフさんのほうへ向き直る。

「正式な返済処理のために後日侯爵家の者がアードルフさんのお宅へお伺いします。宰相である父が貴方の住所も仕事先も全て調べておりますのでご心配いりません」

「ひっ……！　宰相さまだって⁉」

アードルフさんが宰相という言葉を聞いて酷く驚いたように息を呑む。そして表情に怯えの色を浮かばせる。まさか国の宰相が絡んでくるとは予想もしなかったのだろう。

「ええ。ところで貴方はこの店のご主人、貴方の弟さんであるマルクさんにお金をお貸ししたときに、返済はゆっくりでいいと仰ったのでしょう？　まず返済期限については書類に記載されていますか？」

「い、いや……。ほとんど口約束だし、日付と金額と利子くらいしか書いてない」

予想はしていたけれどかなりいい加減な書類のようだ。この国の法律には詳しくないので細かいことはお父さまの手配した文官でなければ分からないけれど。

「そうですか……。その書類が有効であれば、利子を加算して全額お支払いします。もし偽造や改竄等がなされていれば、すぐに専門の文官に見破られると思います。その場合借金自体が無効になりますのでくれぐれもご注意ください」

「なんだと⁉　踏み倒すっていうのか⁉」

アードルフさんが私の言葉を聞いて激昂する。

「書類に不備がなければなんの問題もありません。それと貴方は弟さんに予め伝えていた返済期限を急に覆しましたよね。それはなぜですか？」

「それは……こちらにもいろいろ都合があるんだよ」

「アードルフさん、宰相の名のもとに真実のみを告げてください。貴方は『サンブレッド』と何か繋がりがあるのではないですか？」

「なっ……知らない！」

「そうですか。きちんとご説明くださらないならば書類も不備だらけのようですし借金自体を無効に……」

「ま、待て。話す……くそっ」

　顔を顰めながらも諦めたように肩を落とすアードルフさんを見てほっと安堵の息を吐いた。

「……実は『サンブレッド』の経営者が１週間前に私の家を訪ねてきたのだ。どうやらこの店のことを詳しく調べていたらしい。金を借りた先が私だということも突き止めていた。それで報酬を支払うから目障りなこの店を潰してほしいと」

　概ね予想通りではあるものの、卑怯な手段を用いる『サンブレッド』には嫌悪感が湧く。売り上げを上げたいのならば商売で勝負すべきだ。

アードルフさんもアードルフさんだ。お金のために弟の残した店を潰そうとするなんて。

「なぜそんなことを引き受けたのですか。このお店は貴方の弟さんの残した大切なお店でしょう?」

「大切なものか！　こんな店を開いたために弟は死んだのだ。この女と結婚してから弟は苦労ばかりしてきた。あいつは元々体が弱いんだから大人しく貴族の家の料理人をやっていればよかったのに、あちこち奔走して苦労して店を開いて、挙句の果てに疲れ果てて命が尽きたのだ。この女に唆されたに決まっている！」

アードルフさんはマルクさんが店を開いたことをニコラさんの責任であるかのように思っているようだ。まるで根拠のない言い分に思い込みの激しさを感じる。感情的に言い募るアードルフさんの言葉を聞いてニコラさんが悲しそうな表情を浮かべた。

「お義兄さん、それは違います。パン屋を開くのはマルクの幼いころからの夢だったのです。私もロイもそれを応援したかった。確かにお店を開いたことで心身ともに苦労したかもしれません。でもあの人は毎日いきいきとして本当に幸せそうでした。私とロイと3人で美味しいパンを作っていくんだって。街の人に美味しいと言われるのが一番嬉しいっていつも言っていました。ようやく夢を叶えることができたって本当に喜んでいて……」

「あいつがそんなことを……。だが結局早死にしたじゃないか……。夢なんかのために……」

ニコラさんの涙ながらの訴えを聞いて、アードルフさんが項垂れた。これまでのアードルフさんの理不尽な行動はお金のためだけではなく、夢に——この店にマルクさんの命を奪われたという悔しさがあったのかもしれない。

「アードルフさん、直接関係のない私が言うのも差し出がましいかもしれませんが、貴方が少しでもマルクさんを愛していらっしゃったなら、彼が残した大切なものを憎むのではなくて守るべきではありませんか？」

「マルクの大切なもの……」

「ええ。命を懸けた夢の結晶であるこのお店、マルクさんが情熱をかけたパン、そしてロイ……。ロイはマルクさんの夢を受け継いでいます。貴方とも血が繋がっているマルクさんの大切な忘れ形見なんですよ。ニコラさんと協力して全てを守るべきですわ」

「マルク……。うう」

アードルフさんが両手で顔を覆い泣き崩れる。

「アードルフさん、貴方にその話を持ってきた『サンブレッド』の経営者と名乗った者の名前をお聞きしてもいいですか？」

「あ、ああ……カスパル・ヴィマーという50くらいの身なりのいい男だ。……だがもう借金の返済などいつでもいい。あんたの家を巻き込まずとも……」

「いえ、貴方が関わったままではいつまた利用されるか分かりません。返済の立て替えは予定通りさせていただきますわ」

そう提案すると、横で見守っていたローレンツさまが神妙な面持ちで頷いたあとに付け加えた。

「そのほうがいいでしょうね。そんな手段を講じてくるような輩は大体裏社会の者と繋がっていることが多いのです。アードルフ殿が目的を果たせないとなると、破落戸どもを使って脅迫してくる可能性がありますからね」

「やはりそうですよね……。こちらで『サンブレッド』についてもう少し調べてみますからアードルフさんはこの件から完全に手を引いてください。もし何か接触があったらクレーマン侯爵家の名前を出しても構いません。できればアードルフさんとニコラさんは、表向きはこれまでと変わらずに振る舞ってください」

「分かった」

「分かりました」

説明を終えたあとにアードルフさんのほうを真っ直ぐに向いた。

「それからアードルフさん。ロイに二度も怪我をさせたことは許し難いことです。ニコラさんとロイにきちんと謝罪してくださいね」

「わ、分かった。ニコラ、すまない。ロイにも後で謝るよ。そしてルイーゼさん、あんたのことも突き飛ばして悪かった」

「お義兄さん……」

「私はローレンツさまのお陰で無傷でしたから」

シュンと肩を落とすアードルフさんを見てニコラが目に涙を溜めている。長い間冷たく凍りついたままだった姻戚関係がようやく氷解のときを迎えようとしているのかもしれない。

天国のマルクさんも喜んでいるだろうか。そんなことを考えていると、突然ローレンツさまが真剣な表情を向けてきた。

「ルイーゼ嬢、しばらく私は貴女につきあわせてもらいます。くれぐれも1人で危険なことをしないでくださいね。どうも貴女は危なっかしくて放っておけません」

「……ごめんなさい。ローレンツさま、ありがとうございます。よろしくお願いいたします」

確かに今はまだヴィマーという男のことがあまり分からず、鬼が出るか蛇が出るかといった状況なので、ローレンツさまの申し出は大変ありがたい。けれど個人的に首を突っ込んでいることにローレンツをつきあわせてもいいものだろうかと、申し訳ない気持ちになる。

今夜もう一度お父さまと話して、返済処理、そして『サンブレッド』の調査諸々をお願いしようと心に決めた。

◇対抗策

アードルフさんと話した夜、お父さまに事の成り行きと『サンブレッド』の思惑を伝えた。

そして『ロイのパン屋』の借金の返済処理についてお願いすると、お父さまは腕を組んで呆れたように溜息を吐く。

「まったくお前というやつは……。あれほどアードルフという男とは直接会うなと言っておいたのに」

「申し訳ありません。アードルフさんの蛮行を見逃せなくて、つい……」

「はあ……。今後は危険なことに首を突っ込まないように。『サンブレッド』の内部事情については、こちらで調査しよう」

「ありがとうございます！　それでお父さま、あの、『ロイのパン屋』へ明日もう一度様子を見に行きたいのですが……」

「……」

お父さまに恐る恐るそう告げると、お父さまから向けられた眼差しが一層冷たくなった。予想通りとはいえ身が竦む。

「ロ、ローレンツさまがしばらくおつきあいくださるそうです。ですから危険なことにはならないかと思います……」

「ルイーゼ……」

「様子を見てくるだけですから……お願いします！」

お金を貸してそのまま放置する気にはなれなかった。ヴィマーという者が何を仕掛けてくるか分からないのに、ニコラさんとロイだけでは何かあったときに太刀打ちできないと思ったのだ。

戦力にはなれないかもしれないけれど、知恵を貸すことくらいはできる。それにローレンツさまという強い味方もいるし……。

「仕方ない。バルテル殿にはいずれ改めて礼をせねばなるまい。ところでルイーゼ」

「はい」

「お前は仮にも殿下の婚約者候補なわけだが、バルテル殿に、その、特別な感情を持っているのかい？」

特別――ローレンツさまは確かに特別な友人だ。だが別に異性として好意を寄せられているわけではないし、恋愛的な感情は持っているわけではない。多分。

ふと助けてもらったときのことを思い出す。イケメンだし、前世では２番目の推しだったたし、優しくて強いし、全く胸がときめかないわけではない。いや、正直言うと助けてもらったときはかなりときめいたけれど。

「ローレンツさまは大切な友人の1人ですわ。純粋な親切心で助けてくださったのです。本当に正義感の強い素敵な方です……」

「いや、男というものはだな……。あー、まあそういうことにしておこう。くれぐれも1人で街を歩かないようにな」

「承知しました」

イケメン騎士と一緒に歩いたらそれこそ目立ってしまうのではないだろうか。できるだけ平民に紛れ込みたいのにどうしたものかと悩んでしまった。


翌日の放課後、ローレンツさまとの待ち合わせ場所に早めに着いた。しばらくしてからやってきたローレンツさまをひと目見て驚いた。騎士服ではなくラフな服装をしていたからだ。帯剣もしていない。とはいえ長身でイケメンなので目立つことには変わりない。それにしても格好いい。

「ローレンツさま、その、お言葉ですが、そのような服装でも見目がよろしいからなんだか目立ちそうですわね」

「ルイーゼ嬢、その言葉、そのままお返しします」

ニコリと微笑まれて戸惑ってしまう。どういう意味だろう。取りあえず私たちは目立つということで間違いない。

「え、どうしましょう……。あまり目立ちたくはなかったのですが」

「まあ、考えても仕方がないので行きましょう。別に間者のようなことをするわけではないのでしょう?」

「ええ、パンを買いに行くだけです……。多分」

そのまま馬車で『ロイのパン屋』へと向かった。馬車を降りて店の入口の扉を開けて中へ入る。

「あら、ルイーゼさん、ローレンツさま。いらっしゃいませ」

「こんにちは、ニコラさん」

迎えてくれたニコラさんの表情がどことなく曇っている。なんだか声にも元気がない。どうしたのか尋ねようとしたところで店内の異常に気付く。パンが陳列棚にたくさん並んだままだったのだ。この時間帯はいつも数えるほどしか残っていないのにこの量は……。

「ニコラさん、これは……。一体どうしたのですか?」

「実は今日お店にお客様が2人しかお見えになっていないのです」

「えっ……」

客が来なくてパンが売れ残っていたのだという。一体なぜ急にそんなことになってしまったのだろう。不思議に思って首を傾げていると、ニコラさんが苦笑した。

「先ほどロイが、原因を調べてくるって店を出ていって……あっ、戻ってきましたわ」

「ただいまっ！　あっ、ルイーゼ、ローレンツさま、いらっしゃいませ」

「こんにちは、ロイ。今事情を聞いたのだけれど……」

「うん、それなんだけど……お客さんが来ない原因が分かったよ」

「え、そうなの？」

「うん。この通りも、広場も、大通りも『サンブレッド』のチラシでいっぱいなんだ。通りの入口で店員さんが大量に配ってた。これを見て」

ロイが手に持っていた紙切れのようなものをカウンターに載せた。そのチラシにはこう書いてあった。

『どこよりも安くて美味しい『サンブレッド』のパンをお買い上げの方に、翌日パンを1個プレゼントします。引換券はご購入の際にお渡しします。期間限定』

そのチラシを見て、意外にも正攻法で攻めてきたなというのが正直な感想だった。これはつまり1個分の値段で2個のパンを手に入れられることになるわけだけれど、翌日パンと引き換えというところがポイントだ。客は2個のパンを得るために2日続けてパン屋へ行かなければいけない。店へ行けばパンを貰ったついでに、また引換券欲しさにパンを買う可能性が高い。なかなか上手い商法だと思う。

ただ気になるのはなぜそこまで原価を安く抑えることができるのかという点だ。原価についてロイに尋ねてみる。

「ロイ、ここのパンの値段って半分に下げられるものなの？」

するとロイはフルフルと首を左右に振った。

「ううん、うちのパンに限っていえば、これ以上下げると利益がなくなっちゃう。結構ギリギリの値段なんだ。父さんがなるべく多くのお客さんに食べてほしいって、最初から値段を低めに決めたから」

「そう……。じゃあやっぱりおかしいわね。『サンブレッド』の店舗の大きさと立地、そして店員の数を考えると、半額でパンを売るなんて普通なら赤字もいいところだと思うわ」

このまま客足が遠のけば『ロイのパン屋』は潰れてしまう。『サンブレッド』は何らかの理由で原価を安く抑えているに違いない。

昨日食べたあのパンの味から予想すると粗悪な素材を使っている可能性が高い。粗悪なパンに対して品質を落とさずに価格で勝負するのは厳しい。無理をして赤字を出すべきではない。

では一体どうすべきなのか。

「価格で勝負できないなら……」

「……？」

「このパン屋でしか食べられないパン、人々を魅了するパン……」

「ルイーゼ……？」

ロイが不安そうな眼差しでこちらを見て首を傾げる。

初めてこのパン屋に来てから気になっていたことがあった。そして試してみたいことがあった。

（価格で勝負できないなら味で勝負するしかないわよね！）

その場で固唾を呑んで見守る全員にニコリと微笑んだ。

「ニコラさん、パンの工房……いえ、家族の食事を作る調理場で構いませんのでお借りしてもいいですか？」

「ええ、構いませんよ」

商品のパンを作る工房に素人が出入りするのは申し訳ない。そう考えて、家族用の調理場を借りることにした。

「ニコラさん。砂糖、卵、牛乳、バニラビーンズ、お菓子用の小麦粉の準備をお願いしてもらいいでしょうか。それとロイ、表の侯爵家の馬車の御者に、今日は遅くなるからと父に連絡をするように伝えてくれる？」

「うん、分かった」

「それとついでにこれを買ってきてほしいのだけれど」

買ってきてほしいものを紙切れに書いてお金と一緒にロイに渡す。ロイはそれを見て少し驚いたように目を丸くした。

「ルイーゼ、こんなものどうするの？」

「それはあとのお楽しみよ。フフッ」

不思議そうに尋ねてくるロイにニコリと笑った。お菓子用の小麦粉はパン用の小麦粉に何割か配分することで歯当たりの軽いパンができるはずだ。

ロイが首を傾げながら店から出ていったあと、もう一度ニコラさんに向き直りお手伝いをお願いする。

「ニコラさん、いつものパンと同じようにコッペパン20個分の生地を作っていただけませんか？それを1度目の発酵まで済ませてください」

「まあ……ルイーゼさん、一体何をするおつもりなんです？」

「生地を練って発酵の段階に入ったときに説明しますね」

パン作りには時間がかかる。発酵させている間にロイが戻ってくるだろう。そのときに全てを説明すればいい。

ニコラさんがパン生地作りの準備を始めた。商品のパンとは違い少量なので家庭用の調理場でも十分だ。

出来上がるまでの時間を考えると、これ以上ローレンツさまをつきあわせるのは申し訳ない。

「ローレンツさま、おつきあいくださってありがとうございます。けれどまだ時間がかかりそうですので、どうか先にお帰りになってください」

「ふむ。何か美味しいものができる予感がするのですが、私だけ仲間外れにするつもりですか？」

「いっ、いえっ、そんなわけでは！　多分4、5時間くらいかかると思いますけれどお時間は大丈夫ですか？」

「私のことはお構いなく。帰りが遅くなるなら余計に貴女を1人にはできません。馬車までも数メートルはありますからね」

「ありがとうございます。ではお言葉に甘えさせていただきます。出来上がりを楽しみにしていてくださいね」

「そのように言われるとお腹が空いてきそうです。もし手伝えることがあったら仰ってください」

「ええ、そのときはお願いします」

あまり見たことのないローレンツさまの笑顔に胸がドキリとする。

（くっ……！　滅多に笑わない人の笑顔は凄い破壊力ね）

イケメンスマイルに頰を熱くしながらもサクサクと作業を進める。卵を割ってボウルに卵黄と卵白を分けていく。今作ろうとしているのはカスタードクリームだ。余ってしまう卵白はラングドシャにでもしてパンと一緒に売ればいいだろう。

「まずはこの卵黄に砂糖を入れてよーく擦り混ぜて……」

白っぽくなったら小麦粉をふるい入れて粉が見えなくなるまで混ぜる。そして牛乳を入れた鍋を火にかけて、バニラビーンズの鞘を開いて種を扱く。そして牛乳に開いた鞘と種を入れるのだ。

温まってきた牛乳からバニラの甘い香りが漂ってきた。牛乳が沸騰する直前……鍋肌に沸々と泡が立ったのを確認してすぐに火を止めバニラの鞘を取り除く。

少しずつ牛乳を加えながら卵黄を混ぜ続ける。この時点で卵黄に塊ができてしまわないように気を付けなければならない。そして滑らかに混ざった材料を鍋に移して中火にかける。均一に混ざった小麦粉をアルファ化——つまり糊化する工程だ。

「木ベラでムラができないように混ぜ続けて、トロッとしてきたら少し速度を上げて混ぜないと塊ができてしまうんですよね」

クリームから沸々と気泡が上がってきた。もう少しだ。

「ほら、だいぶドロッとしてきたでしょう。こうして木ベラから落として跡が残るようになったら火を止めるんです」

木ベラに付いたクリームを少しだけスプーンにとって味見してみる。

「うーん、美味しい！　さあ、ニコラさんとローレンツさまもどうぞ」

少しだけクリームを皿に取って2人に渡す。

「まあ、なんて優しい味なんでしょう！」

「これは甘くて美味しいですね」

「フフッ」

食べた人の美味しそうな顔を見ると、いつも嬉しくなってしまう。出来上がったカスタードクリームをバットに広げて乾燥しないように固く絞った布でバットを覆った。本当は冷蔵庫で冷やしたいところだ。投資の一環としてギルベルトさんから購入しようかしら。

しばらくしてニコラさんが生地を捏ね終わり発酵作業に入った。そうしているうちに買い物から帰ってきたロイが買い物袋をテーブルに置いてうっとりと瞼を閉じる。

「ただいま！　……何これ。凄くいい匂いだ。甘い香り……うう、お腹が空いてきちゃう」

「フフ。パン生地も発酵に入ったし、ロイも帰ったし、そろそろいいかしらね。実は今からクリームパンとアンパンを作ろうと思うんです」

その場にいた全員が初めて聞いたであろう言葉に首を傾げた。恐らくはこの世界に未だ存在しないクリームパンやアンパン、ジャムパンを思い浮かべる。あんな美味しいものを誰も食べたことがないなんて勿体ない。

今から作ろうと考えているアンパンは小豆餡のアンパンではない。なぜならこの世界に小豆が存在するかどうかが分からなかったからだ。元々餡子が存在しないこの世界に小豆が栽培されているのか疑問だった。

仮に小豆があったとしても、パン作りの傍ら小豆から餡を作るのは、たった2人の家族では難しいのではないかという懸念もあった。そこでロイに買ってきてもらうように頼んだのは……。

「クリームパンの中身は作ったので、次はロイに買ってきてもらった甘藷で芋餡を作りたいと思います」

「芋餡？」

ロイがこれまた初めての言葉に首を傾げる。

私の知る限り甘藷——前世でいうところのサツマイモはこの世界においては動物の飼料とし

て使われるだけだ。人間の食料としての認識ではないから当然品種改良もされていない。

したがって安納芋などのような糖度の高い高級な甘藷は当然のことながら存在しないし、飼料用に大量に生産されていて非常に安価だ。

前世ではお隣の家の幼稚園生が園外活動で掘った芋をお裾分けで大量に貰うことがよくあった。甘い品種ではなかったのでいただいた芋の半分を芋餡に加工して冷凍していた。

この世界の甘藷の価格を考慮すると、芋餡のアンパンならば原価も手間も低く抑えられるし、味も申し分ない。

「ねえ、ルイーゼ。甘藷って家畜の飼料だよ？」

疑念を口にするロイにニコリと笑う。

「甘藷は栄養価が高くて調理法によってはとても美味しく食べられるものなのよ。それに長期保存もできるから非常食としても優秀なの。そうねぇ……。口で説明するよりも食べてもらったほうが早いわね。まずは甘藷を洗って皮を剥きましょう。これは全員でやりましょうか」

パン生地の発酵が終わるまでに餡作りを終わらせるべく作業を進める。皮を剥いた甘藷を1センチくらいの輪切りにして水に晒す。アクが抜けたら蒸して細かく潰し、砂糖と牛乳を加えて加熱しながら硬さを調整するのだ。

1回目の発酵が終わってガス抜きを済ませたパン生地に、小分けにしておいた芋餡を包んでいく。同様に先ほど作ったカスタードクリームも小分けにして包んでいく。こうして2種類のパンの成形が完了した。目印のために芋アンパンの中央には指で窪みを作り、クリームパンには周囲の半分ほどに空気抜きの切り込みを入れた。

1回目よりも短い時間で2回目の発酵が終わる。大きく膨らんだパンを見てほっと胸を撫で下ろす。どうやら経過は上々のようだ。

「あとはこの卵液を表面に塗って……」

表面に艶出しの卵液を塗布し、芋アンパンの中央には黒ごまを振る。焼成が進むうちにさらに膨れるので間隔を広めに空けて天板に並べ、オーブンに入れた。

オーブンから焼き立てパンのいい香りが漂ってくる。夕食前なのでとてもお腹が空いている。ここにいる全員でお腹の虫の大合唱だ。焼いているパンと一緒に皆の期待も最高潮に膨らんでいた。

焼き上がったパンをオーブンから取り出すと、辺りは焼き立てパンの芳醇な香りで包まれた。

(ああ、なんて美味しそうなんだろう！　そしてこの見た目が懐かしい！)

その懐かしい形にノスタルジックな気持ちが掻き立てられてしまう。ああ、会社近くにあったパン屋さんのアンパンは美味しかったな……。そんな思い出が胸をよぎり、不覚にもちょっとだけ目頭が熱くなってしまった。

さあ焼き立てをどうぞ！と言いたいところだけれど、中身が相当熱くなっていて味が分からないと思うので少し冷ましてから試食することにする。皆の目線は焼き上がったパンに釘付けだ。

ある程度冷めたところで試食を開始する。試作品はクリームパン10個、芋アンパン10個だ。各々パンを手に取り口にし始めた。クリームパンを手に取って一口千切り口に運ぶ。真っ先に声をあげたのはロイだった。

「うわっ、何これっ！　すっごく美味しいよ。中のパンが甘くって、うちのパンの味とよく合ってる！」

「まあ、本当、美味しいわ！　何も付けなくてもこのまま食べられるわね」

ロイに続いてニコラさんも口元を押さえながら目を細めた。確かに餡やクリームを包むことでバターもジャムも要らないのはなかなかに画期的だ。

クリームパンを手にしたローレンツさまも感心しきりといった様子で齧り付いた断面を見つめている。

「驚きましたね。まるでパンがお菓子のようです。一見何の変哲もないパンの中から甘いクリームが出てくるのがとても面白いですね」

「フフッ。皆気に入ってくれたみたいでよかったわ。ただし、今日作ったパンはその日のうちに食べないと駄目よ。保存が利かないからあまり作り過ぎないようにしてね」

菓子パンの欠点としてはその日のうちに消費すべきという点だ。個人的には2日くらいどうってことはないが、商品だとそういうわけにもいかない。フランスパンやブールなどの直焼きパンは水分が少ないからある程度保存も利くけれど。

少し前に思いついたことをニコラさんとロイに提案してみる。

「明日の土曜日、朝9時にここへ来ます。それまでにクリームパンと芋アンパンをそれぞれ100個ほど焼いておいてくれませんか？」

「えっ、合わせて200個ってこと⁉　今日あんなに売れ残ったのに、そんなにたくさん焼いて大丈夫なの？」

ロイの疑問も当然だ。けれど私には勝算がある。

「大丈夫よ。出来上がったクリームパンと芋アンパンの半分を広場に露店を出して売ろうと思うの。売るときには今までのパンとセットで売るようにする。露店では1人1セット限定にして、もっと食べたい人は『ロイのパン屋』に行くように促すのよ。できればパンの紙袋にこの店への案内図があるといいわね」

「……分かった。僕頑張って紙袋に地図を書くよ！」

「なかなか画期的なアイデアですね。クリームパンと芋アンパンのレシピはあとでもう一度確認させてください。久しぶりの新商品で腕が鳴りますわ」

ロイとニコラさんのやる気が伝わってきて安心した。２人の協力がないと計画の実現が不可能になってしまうからだ。

「賛成してくれて嬉しいです！　レシピは紙に書いてお渡ししますね。あとでもう一度おさらいしましょう」

明日は私も頑張らなくては！　――と張り切ってきたところで、ポンと肩を叩かれローレンツさまは微笑まれた。

「まさか１人で販売するつもりではないですよね？　貴女だけで売り子をするなんて想像しただけで危なっかしい。私もご一緒しますので明日はよろしくお願いしますね」

「ローレンツさま……。ありがとうございます！」

ローレンツさまが一緒にいてくれるならば心強い。けれど日曜日には模擬戦があるというのにここまでつきあってもらってもいいものだろうかと心配になってしまった。

◇お披露目販売

陛下に王宮の応接室へと呼び出された。眩い白金に近い金髪を後ろで束ね、俺と同じアメジストの瞳に悪戯っぽい光を湛えている。何かよからぬことでも企んでいそうだ。

婚約者を早く決めるよう催促でもされるのか。それとも新たな業務でも押し付けられるのか。王の書類仕事を一部回されて忙しいというのに。時間が勿体ないので挨拶もそこそこに本題を促す。

「陛下、今日は一体どんなご用件でしょうか？」

「あー、アルフォンス。実はな、来週マンハイム王国から第2王子と第3王女を留学生として迎え入れることになった」

「あの双子の……」

マンハイム王国はルーデンドルフ王国の南隣に位置する国だ。以前から彼《か》の国の王族が留学してくるという話は出ていたが、来週とはまた急な話だ。

「うむ。そこでアルフォンス、お前に彼らの滞在中の後見を任せたい」

「承知しました。謹んでお受けいたします」

双子の兄がジークベルト、妹がテレージアという名だったか。ともに今年で16歳になるはずだ。とするとルイーゼと同じ学年になるのか。

双子には7歳のときに一度会っただけで、人となりについてはあまり知らない。双子というだけあってよく似ていて、とても美しかったことだけは記憶している。

つきあいの浅い王族の後見など不安だし正直面倒臭い。学業時間外に書類仕事や公務と忙しいのに、双子の世話まで加わったらルイーゼに会いに行く時間がなくなってしまう。今後の時間のやりくりのことを考えると頭が痛くなってきた。

翌日学園で、教室にやってきたオスカーに話を聞いて驚いた。3日前からルイーゼが学園の帰りに街へ出かけているらしい。気になって詳細を聞き出したところ、どうやらカミラ嬢の知り合いのパン屋を助けるために動いているということだった。

「父も協力することになりましたし、私も近いうちに様子を見にいこうと思っています」

「ふむ……。ルイーゼは1人で街へ行っているのか？　この間危ない目に遭ったばかりだというのに」

「あー、殿下、そのことなのですが……」

「うん？」

オスカーが何か言いづらそうに目を泳がす。

「その……姉にはローレンツ殿が同行しているそうなので身の安全に関しては大丈夫だと思います」

「……は？」

自分でも驚くほどの低い声が出てしまった。ルイーゼの側に別の男が常にいるなど考えただけでも胃の上辺りがムカムカしてくる。

「一昨日、件のパン屋で危ないところをローレンツ殿に助けてもらったそうです」

「なんだって⁉　それで、ルイーゼは大丈夫だったの？」

「はい、怪我はありませんでした。本当に呆れるほどトラブルに巻き込まれる人です……。それでローレンツ殿が安全のためにしばらく姉に同行してくださるそうです」

「そうか、それはよかった。ローレンツが側にいるのか。うん、確かにそれなら外敵からは守られるね。うん、とりあえずは安心だ」

「殿下……」

オスカーの哀れむような眼差しが痛い。オスカーに聞かれたのは全て自身を落ち着かせるために自然と呟いてしまったものだ。自分がこれほどまでに嫉妬深いとは。

いや、以前もこんなことがあったか。学園の中庭でギルベルトがルイーゼの手を握っているのを見たとき――あれも筆舌に尽くしがたいほどにムカついた。あのときはまだ自分の気持ちをこんなにはっきりとは自覚していなかったが。

ルイーゼに対する気持ちは日に日に強くなる。あれほどはっきりと好意を持っていないと言われても、もはや後戻りできないほどに大きい。

「それでルイーゼは休日の今日も街に行くのかな？」

「ああ、今日は……」

オスカーの口から語られたのは、今まさに実行されていると思われるルイーゼの驚くべき計画だった。


土曜日の朝6時、露店販売をすべく『ロイのパン屋』で待ち合わせていたローレンツさまに、ニコラさんたちが焼いてくれた新製品のパンを荷台に積んでもらった。

準備が終わったので広場に向かい露店の準備を始める。今日は髪を後ろで三つ編みにし、侍女のエマが勧めてくれた膝下丈のエプロンドレスを身に着けた。若草色のワンピースにフリルたっぷりの白のエプロンがついている。こんな可愛い恰好はしたことがないので少し恥ずかしい。

そんな心中を察してか、絶妙なタイミングでローレンツさまからお誉めの言葉をいただいた。

「ルイーゼ嬢、とても可愛らしいです」

「あ、ありがとうございます」

ローレンツさまがいつになくほんのり頬を染めながら目を逸らすので、こちらまで頬が熱くなってくる。恥ずかしいことを言わせてしまって申し訳ない。

試食用にクリームパンと芋アンパンを一口大にカットする。初めての売り子の仕事にワクワクしてくる。ふとここ数日の間に感じていたことをローレンツさまに伝えた。

「ローレンツさま、こんなに長い間私なんかのためにつきあってくださってなんとお礼を言ったらいいのか……。本当にありがとうございます」

そう告げた私に向かってローレンツさまが微笑んだ。

「好きでやっていることです。貴女が気にすることはない。それに長い時間貴女と一緒にいられて私は……」

真っ直ぐに見つめてくる翡翠色の瞳に熱を感じるのは気のせいだろうか。その瞳に魅入られてぼーっと見つめ返していると……。

「ルイーゼ」

突然声をかけられてローレンツさまと同時に振り向いた。

「え、なぜこちらに……」

なぜか露店の前にアルフォンスさまとオスカーが立っていた。予想外の人物の登場に驚いてしまって言葉が詰まる。それになんだかこの状況に既視感を覚えてしまう。

アルフォンスさまとオスカーは商人の服に身を包んでいて、ローレンツさまと同じく貴族とは分からないように扮装していた。アルフォンスさまに至ってはハンチング帽と眼鏡まで身に着けるといった念の入りようだ。

アルフォンスさまにじっと見つめられて戸惑ってしまう。笑顔のはずなのになんとなく冷ややかな空気が伝わってくるような気がする。一体どうしたのだろう。そもそもなぜこんな所に？

「またそんな可愛い恰好をしてローレンツと2人だけで……」

何かを小さく呟いたあと、アルフォンスさまがニコリと笑った。

「オスカーから君たちがここで店を開くと聞いてね。ぜひとも力になりたいと思って来たんだ。よかったら俺たちにも手伝わせてくれない？」

「そんな、王太子殿下に販売の手伝いなどとんでもありません！」

「そんなこと言わないで。どうか手伝わせて」

「アルフォンスさま……」

「ローレンツもいいよね？」

すかさずアルフォンスさまがローレンツさまに同意を求める。

「はい、ルイーゼ嬢さえよければ私は構いませんよ」

「……承知しました。ではお願いします」

アルフォンスさまに懇願するような表情をされてはとても断ることなどできそうになかった。王太子殿下にこんな労働をさせてしまっていいものだろうか。国王陛下にばれたらお叱りを受けてしまうのではないだろうか。不敬極まりない気がするけれど仕方がない。

それにしてもこの3人はかなり目立つ。アルフォンスさまもローレンツさまもオスカーも、いくら地味な服を着たところで美貌を隠しきれていない。溢れだす美形オーラが眩しすぎて、とても平民には見えないというのが正直な感想だ。

もしかしたら歩くネオンサイン並みに客を惹きつけるのではないだろうか。そんな打算が頭をよぎる。いっそ開き直ってお願いしてみようか。

「アルフォンスさま、オスカー。この試食用のクリームパンと芋アンパンをお客様にお勧めしてくださいませんか？」

ひと口大にカットしたパンを盛った皿をアルフォンスさまに手渡した。

「分かった。でもルイーゼ、ここでさま付けはまずいよ。アル、それかアルさんと呼んでね」

「アル……さん」

「よくできました」

明るく笑いながら手を伸ばして頭を優しく撫でてくれた。表情からは先ほどの翳りが消えている。不意打ちの仕草に思わず胸が高鳴り頬が熱くなる。

「ルイーゼ、このクリームパンと芋アンパンというパン、一口食べてもいい？」

「あ、私も食べたいです！」

アルフォンスさまもオスカーも皿の上のパンに興味津々のようだ。

「ええ、どうぞ。クリームパンの中身はカスタードクリームで、芋アンパンの中身は甘藷を加工して作ったんですよ」

「えっ、甘藷⁉」

驚くオスカーを余所に早々に口にしたアルフォンスさまが嬉しそうに顔を綻ばせた。

「あ、美味しいね、これ。両方甘くて美味しい」

「本当だ、美味しい！」

オスカーも一口食べてあっという間に認識を改めたようだ。そんな2人の反応が嬉しくて笑みが零れる。ローレンツさまはというと2人の様子を見て同意するように頷いている。

「1セット取っておいてね。持って帰って食べるから」

「あ、僕の分もお願いします」

「フフ。承知しました」

王太子殿下が太鼓判を押した新製品のパン——これをきっかけにして『ロイのパン屋』の固定客が増えてくれるといいのだけれど。

「いらっしゃいませ。新製品の甘いパンはいかがですか？」

なるべく大きな声で通りを歩く人々に声をかけた。呼びかけに興味を持ってくれた人たちが露店の前に集まってくる。陳列したパンから漂う芳醇な香りに惹きつけられるのか、煌びやかな売り子たちの外見に惹きつけられるのか。

眼鏡と帽子を身に着けているものの王子さまオーラをいかんなく発揮するアルフォンスさまが道行く女子を虜にしていく。中には勇敢にも自分から話しかける女子もいるようだ。

「こんにちは。あのぉ、よかったらお兄さんのお名前を教えてくれません？」

「こんにちは。うちのパンを買ってくれたら教えてあげるよ」

「買います！」

「ではこちらへどうぞ」

王子さまオーラ恐るべし……。試食要らずである。そんな様子を目にして、「この世界の女子も逆ナンとかするんだー」と感心してしまった。アルフォンスさまが女性たちに教えた名前は『アルフ』だったようだ。

売り子たちの魅力がきっかけでもパンを買って食べてくれたら、きっと『ロイのパン屋』の固定客になってくれる。ロイのパンの味にはそれくらいの価値がある。試食したお客さんたちの反応を見て忙しくなる予感に改めて気合を入れ直した。

ふと見るとオスカーもなかなか頑張っているようだ。

「いらっしゃいませ。パンはいかがですか？　甘くて美味しいですよ」

「まあ、可愛い売り子さんね」

「ありがとうございます。お姉さん、このパン、クリームパンっていうんです。中に甘いクリームが入ってるんですよ」

「へえ、聞いたことがないわ。……ん、甘くて美味しい！　1ついただくわ」

「ありがとうございます。お買い上げはあちらでお願いします」

大人の美女のお客さんがお買い上げのようです。オスカーに上目遣いで接客されたら私でも買ってしまう。クラッとくる可愛さを振りまくなんてどこでそんな高等技術を覚えたのか。

ローレンツさまが露店の奥で試食用のパンをカットしていると。

「あの、お兄さん。パン屋さんの方ですか？　そのパン、試食させてもらえませんか？」

「え、試食ですか？　では口を開けてください」

「えっ⁉　あ、あーん」

「はい、どうぞ。……美味しいですか？」

「おいひぃでふ！　このパン買いまふ！」

「ありがとうございます」

これは天然……ですよね？　試食させてもらえませんかと言われて、自然に口にパンを入れてあげる流れが爽やかすぎておかしい。極めつけは最後の貴重な笑顔だ。ローレンツさまに口を開けてと言われたら私でも嬉々としてあーんする自信がある。

イケメンパン屋……こんな美貌の３人がいるパン屋なら前世でも大繁盛するだろう。全員から買うために絶対に最低3回は並び直すに違いない。

「お姉さん、可愛いね。パンちょうだい」

「ありがとうございます！　セットでのみ販売となりますので組み合わせをお選びください」

「うーんとね……」

私に声をかけてくる男性客も多い。その度に他の３人がチラチラと見てくる。そんなに心配しなくても絡まれたりなんてしないのに。

女性客ばかりになるかと思ったけれど、案外男性客も来てくれる。年配の人、子どもと、年齢層もなかなかに幅広い。

アルフォンスさまやオスカーが案内してくれた女性客と合わせると、とても1人では捌ききれない。そんな状況を見かねて横にいるローレンツさまがパンを包んでくれる。そうこうしているうちに昼前には在庫がなくなりそうになった。

「店舗のほうから補充用のパンを持ってきますね」

そう声をかけると、オスカーが「僕が行きます」と名乗り出てくれた。

「売り子が少なくなって捌ききれなくなるといけないので」

「ありがとう。じゃあ、お願いするわ」

とはいえ試食して気に入った客の一部が2セット目を買うために『ロイのパン屋』へ向かったので、あまり補充ができないかもしれない。というのもクリームパンと芋アンパンそれぞれ100個に加えて、それ以外のパンも200個以上は作らなくてはならなかった。売り上げだけを考えればもう少し多めに準備できればよかったのかもしれないけれど、ニコラとロイの2人だけで作るのはそのくらいの量が限界だろうと考えた。

オスカーが戻ってパンの補充を終えて、昼の3時くらいには品切れとなった。思ったよりも早く売れてほっとした。試食をしてくれたお客さんにはどちらのパンも軒並み高評価で、パンの中にクリームや芋餡が入っているというのが新鮮だと喜んでもらえた。

明日からは店舗で販売する旨も全てのお客さんに伝えておいた。ロイに書いてもらった紙袋の地図が役に立ちそうだ。

露店での販売中、『サンブレッド』による妨害を警戒していたが特に何も起こらなかった。もしかしたら客の中に従業員が紛れていたのかもしれないけれど。

『サンブレッド』は今日も無料引換券のチラシを配っていたようだった。けれどクリームパンと芋アンパンのインパクト、そこにイケメンパワーが加わったことで、露店の客足が途絶えることは一切なかった。

今日『ロイのパン屋』と『サンブレッド』のパンの両方を買った客がいれば、食べ比べてその味の差を実感することになるだろう。２つの店のパンの味の差はそれほどまでに歴然としている。よほどの味音痴でない限り不味いパンにお金を払う価値などないと理解してくれるはずだ。

露店を畳んだあと、全員で『ロイのパン屋』へと戻った。手伝ってくれた３人のために合計３セットのパンを取り置きしてある。ニコラさんがお礼とともに売り子の給金を支払おうとしたら、３人とも断固として受け取らなかった。

「ルイーゼが今度一緒にお茶を飲んでくれるだけでいいよ」

そう言ってニコリと笑うアルフォンスさまの横でローレンツさまが名乗りを上げる。

「では私もぜひご一緒させてもらいます」

「……別々に予定を組んだほうがいいよね」

「……そうですね」

別に皆一緒でも構わないと思うのだけれど。にこやかに会話をしながら２人が漏らしてくる冷ややかな空気に若干身震いしてしまった。

ともあれ今日は無事に終わってよかった。明日からしばらくの間、来客数をロイに記録してもらわなければ。

3人にお礼を言ったあとオスカーとともに帰路についた。

◇悪徳パン屋の真実

屋敷に到着して夕食を取ったあと、オスカーと2人、お父さまの執務室に呼ばれた。『サンブレッド』についての内偵がほぼ終わったという話だった。詳しく聞いてみたところ、どうやら『サンブレッド』の内情はかなり真っ黒だったようで、お父さまが調査結果を淡々と報告してくれた。

「我が国は常々非常時の食糧として、主食となる小麦を大量に備蓄している。だが保管期間が5年を過ぎた小麦は飼料用として、畜産農家にほぼ無料《タダ》同然の価格で払い下げることになっている」

小麦というのは本来きちんとした温度と湿度で管理すれば、かなり長期間にわたって保存できるものだと前世で聞いたことがある。だが幸いなことに、このルーデンドルフ王国では戦争や大きな災害が何十年も起こっていない。

非常用の備蓄は保険程度のもので、維持管理にあまり経費を割けないとのこと。そういった事情があり管理状態が良好ではなく、5年程度で家畜飼料として払い下げる量が多いのだという。

「実は一昨年と昨年2年間の備蓄払い下げの明細が紛失していて行き先が分からなくなっていたらしい。ところが今回『サンブレッド』の内偵を進めるうちに、飼料用の古い小麦が経営者のヴィマーという男に横流しされていたことが判明した」

「まあ、なんてこと……」

お父さまの話を聞いて驚いてしまう。オスカーを見ても予想外の事実に驚きを隠せないようだ。

「備蓄食糧の払い下げは、法律で衛生管理の点から家畜飼料用のみに制限されている。『サンブレッド』はこの古い小麦を無料《タダ》同然で違法に入手し、小麦粉に加工してパンに使用していたと思われる。横流しをしていた役人はすでにこちらで身柄を確保して証言を得ている。畜産農家相手の価格に色を付けた値段で横流しをして差額を着服していたらしい」

『サンブレッド』のパンの味気なさとパサパサした食感を思い出す。予想通り技術面の問題だけではなかったのだ。管理状態の良くない小麦を使って人の口に入るパンを作っていたなんて悪質すぎる。味以前の問題だ。

「違法に入手した小麦を使用したパンを商品として販売するのももちろん違法だ。今夜のうちに役人が出向いて営業停止の通達を受けるだろう。小麦以外の素材も経路が怪しい物があって、それに関しても現在調査中だ。ヴィマーは逮捕され、多額の罰金が科せられる。あの『サンブレッド』という店にもはや未来はあるまい。ヴィマー名義で営業許可が再度下りることは今後ないだろう」

「そうですか……。私、あの店のパンを食べてしまいましたわ」

「ま、まあ、今のところ食中毒の報告は上がっていないから、大丈夫じゃないか？」

まあ食べてしまったものは仕方がない。国の衛生管理はきちんとしてもらいたいものである。腐っていたわけではないのだろうけど。

お互いの報告が終わったあと、お父さまにもお土産のクリームパンと芋アンパンを食べてもらった。どちらも気に入ってくれたようだけれど、どちらかというと芋アンパンのほうがお気に召したようだ。

いよいよ明日は城にある騎士団の練習場で模擬戦が開催される。ローレンツさまの応援に行く約束をしているのだけれど、折角だし何か差し入れを持っていきたい。

そこで、思い切って調理場にあったカボチャで、カボチャアンパンを作ってみることにした。

パンは調理場にあった酵母をもとに料理人のヤンに教えてもらいながら生地を作った。生地を1回目の発酵させている間にカボチャの餡を作ることにする。

カボチャの皮を剥いて茹でたものを裏ごしし、芋餡と同様に砂糖と牛乳を加えながらちょうどいい硬さに練っていく。甘さが引き立つので塩もひとつまみだけ入れておいた。出来上がったカボチャ餡をバットに取り出して冷やしておく。

発酵が終わったガス抜きした生地をガス抜きして分割し休ませた生地で、予め分割しておいた餡を包んで成形する。あとは2回目の発酵をさせるだけだ。

発酵の終わった生地に艶出しの卵液を塗って真ん中にパンプキンシードを3個並べる。カボチャアンパンは甘い上に栄養満点だ。きっとローレンツさまの疲れた体を癒してくれるだろう。最後にパンをオーブンで焼いて完成だ。

翌朝、早起きして調理場でサンドイッチを作った。『ロイのパン屋』で買ってきた食パンをスライスして、ゆで卵を刻んだもの、トマトとチーズの2種を作ることにする。

「つまみ食い……はやめておきましょう。このあとは朝食の時間だし……。うう、美味しそう、早く食べたい」

模擬戦が楽しみだ。全ての準備を整えたあと朝食を取るためにダイニングへと向かった。

5章　固い約束

◇模擬戦

騎士団の模擬戦を見るために、カミラとオスカーと3人で城へとやってきた。城の敷地にそびえる白亜の壁と屋根が陽の光を反射して眩く、その荘厳で美しい景観に胸が高鳴る。

城の正門を入って真っ直ぐに進んだ先に謁見室などがある王宮がそびえ立つ。騎士団の練習場があるのは敷地の西側にある別の建物だ。そこには騎士の宿舎や練習場、そして各師団の執務室などが集められている。

騎士館の中へ入ってさらに進むと、周囲の段差に長椅子が設置された練習場がある。試合場とはまた別で、観戦席の規模は簡素なものだが、模擬戦を見るのには十分な大きさだ。私たちが到着したときにはすでに観戦席の半分が観客で埋まっていた。

「差し入れはお昼どきに食堂に持っていけばいいかしらね」

「うん、いいんじゃない？　それにしても私まで来ちゃってよかったのかしら」

カミラが少し困ったように苦笑すると、オスカーが慌てたように答えた。

「もちろんです！　大勢で応援したほうがローレンツ殿もニーナ嬢も喜ぶと思います！」

「そうですか？　では張り切って応援いたしますね」

「はいっ」

カミラがニコリと笑うとオスカーが頬を染める。——うん、実に甘酸っぱい。

予め渡されていた模擬戦の予定表によると、ニーナの試合が午前中に、そしてお昼の休憩を挟んでローレンツさまの試合が午後に行われるようだ。

今回の模擬戦において、全ての騎士は実力に応じて組み合わせが決められているようだ。なおかつ男女の区別もないという。

いくつか試合が行われたあとにいよいよニーナの出番となった。現れた相手は体格の大きな男性騎士だ。実力をもとに決められた組み合わせなのだろうけれど、どう見ても相手の騎士とは体格が違い過ぎる。一撃でも受ければ大怪我になってしまうのではないかとはらはらしてしまう。

「第2騎士団所属、ニーナ・フェルステル。対、第3騎士団所属、ベルトルト・ダイスラー。両者とも位置について敬礼を」

ベルトルトと呼ばれた騎士とニーナが所定の位置について騎士の敬礼を交わす。模擬戦の武器は一律長剣で統一されているようだ。審判が敬礼を確認したのちに試合開始の合図をした。

2人とも剣を構えてお互いを見据えたままじっと構えている。しばらく見合ったあとに先に動いたのはニーナの方だった。相手の騎士は様子を窺っているようだ。

ニーナが相手に向かって一直線に飛び出し、間合いの直前で姿勢を低くして相手の利き手側に回り込んだ。

相手がニーナの動きに大柄な体格からは予想できないほどの速さで反応した。即座に体を半回転させて警戒した相手に、ニーナは突然グンと屈み込んで足払いをかけた。体重の重そうな男性にニーナの華奢な足が当たったところでびくともしないだろう……と思っていたら。

驚いたことにニーナの足払いが当たった途端相手の巨体が傾いだ。その顔は苦痛に歪んでいる。ふと20キロ入りの小麦粉袋を軽々と担いだニーナの姿を思い出す。

前のめりに倒れ込んだ相手の背中を跨ぎ、首の頸動脈付近にニーナが剣の刃を当てた。そこで審判が試合終了の合図を出す。ニーナの勝利だ。

あっという間の戦闘終了に会場はしばし静寂に包まれた。目の前の光景が信じられないといったところだろう。

けれど静寂も束の間、会場はすぐに盛大な拍手に包まれた。たとえ時間が短くとも相手が弱かったという印象はない。本当に見事な一戦だった。ニーナがニコリと笑って相手と握手を交わして退場していった。

「ニーナって凄いのね。強いのは知っていたけれど、あんなに体格差のある相手にあっさりと勝ってしまうなんて」

「本当にね。今試合をしているのはかなり上位実力者のクラスなのに大したものだわ」

カミラが模擬戦の予定表を見ながら答えた。

怪力なのは知っていたけれどあまりの見事な戦いぶりに興奮してしまう。オスカーの方を見てもやはり感心しきりといった感じだ。

ふと会場を挟んで反対側の客席に煌びやかな一団がいることに気付いた。ニーナの試合中にやってきたのだろうか。

その一団の中央に、簡素な紺色の礼服に身を包んだアルフォンスさまを見つけた。そしてその隣には、プラチナブロンドの髪を編み上げたとても美しい少女が座っている。少女はアルフォンスさまに向かって柔らかい微笑みを向けていた。

さらにその少女の隣には彼女にそっくりの美しい少年が座っていた。肩口ほどの長さのさらさらの髪で凛とした表情を浮かべている。2人とも美しい異国の装束を身に纏い、アルフォンスさまとにこやかに会話を交わしている。長椅子に座る3人を囲むように数人の騎士が立っている。

一体あのよく似た美しい少年と少女は何者なのだろうか。アルフォンスさまと隣の少女が微笑みを交わす様子に胸がチクリと痛む。

昼の休憩時間になったところでカミラとオスカーとともに騎士団の食堂へ向かう。ランチタイムには騎士団の食堂で一緒に食事をと、予めローレンツさまとニーナには伝えてあった。

2人と合流したあとに皆でテーブルを囲んで座り、バスケットの中に入った容器を1つずつ取り出す。

「皆で食べられるようにたくさん作ってきました。こっちのパンプキンシードがのっているパンがカボチャアンパン、そしてこれがクリームパンです。そしてこの容器に入っているのはサンドイッチです。ゆで卵を刻んだものと、トマトとチーズを挟んだものがあります。さあ皆さん、お好きなパンをどうぞ」

昨日のお昼から調理場に籠りっきりで準備したパンは今朝焼き上がったばかりでまだ心持ちホカホカと温かい。

カボチャアンパンの餡はカボチャを潰してミルクと砂糖で練ったもので、口の中に入れても障らないように丁寧に練っている。自然の甘さが優しい。

クリームパンは前世ではオーソドックスで特に珍しいものではないけれど、手作りとなると話は別だ。中のカスタードクリームはネットリというよりはフルフルといった食感で、いくらでも食べられるように甘さは控えめにしてある。

サンドイッチは前世で自分が好きだったものばかりを挟んでみた。卵とトマトは王道のネタだ。手作りマヨネーズもこっそり仕込んでおいた。

「凄いわ、ルイーゼ。お菓子だけじゃなくてパンも作れるなんて！」

カミラが称賛とともに目をキラキラさせながらパンを見つめている。さすが私の食いしん坊仲間だ。そんなカミラをオスカーが微笑みながら見守っている。

私が説明しているときから興味深そうにパンに見入っていたローレンツさまが嬉しそうに破顔する。

「美味しそうですね。差し入れありがとうございます、ルイーゼ嬢。それと皆さん、応援に来てくださってありがとうございます」

「模擬戦は初めてなので、とても楽しく拝見いたしました。こちらこそ誘ってくださってありがとうございます！」

そう答えると、ニーナが可憐な笑みを浮かべた。

「ルイーゼ、カミラ、オスカーさま、ありがとうございます。皆さまが応援してくださって私も心強かったです。退屈させてしまったのではないかと不安だったのですが、私の試合はいかがでしたか……？」

不安げに尋ねてくるニーナに「とんでもない」と頭を振った。

「圧巻の強さで驚いたわ。ニーナは凄いって皆で話してたのよ。練習もたくさんしているのでしょう？」

「ええ、それはもう……。なんだか恥ずかしいですわ」

赤く染まる頬を両手で隠して身を捩る可憐で恥ずかしがり屋の妖精ニーナを見て、先ほど大男を呆気なく倒して跨った光景が蘇る。人は見かけによらないという言葉を、しみじみと実感した。

差し入れに手を伸ばした全員が、それぞれの好みのパンを口にして目を丸くする。

「うーん、パンがフワフワでいい香り……。このカボチャ餡なんて、自然な甘さでいくらでも食べられちゃいそう……！　太ったらルイーゼのせいなんだから」

「カミラ嬢、こっちのクリームパンも甘くて美味しいですよ」

美味しそうにカボチャアンパンを口にするカミラに、オスカーがクリームパンも勧めている。

オスカーの隣に座っているニーナがクリームパンの中のカスタードクリームの味に感動している。ローレンツさまはというと、刻んだゆで卵を挟んだサンドイッチを手に取っていた。

卵サンドをひと口食べて、驚いたように目を瞠る。

「この卵の中の酸味のあるクリームはなんですか？　とても美味しいのですが……」

「それはマヨネーズっていうのですよ。最強の調味料の1つですわ」

「マヨネーズ……」

どうやらローレンツさまはマヨネーズがお気に召したようだ。マヨラーの素質があるのかもしれない。

皆で食堂のテーブルを囲んで差し入れを口にしながら楽しく談笑していると、先ほどアルフォンスさまの近くに座っていたプラチナブロンドの少年が、護衛騎士らしき男性と一緒に食堂へ入ってくるのが見えた。少年の立居振舞は容姿に劣らず美しい。

少年はなぜか私たちのテーブルの方へ嬉しそうに笑みを浮かべて近づいてきた。

「やあ、初めまして。僕の名前はジークベルトといいます。どうぞお見知り置きを」

少年の話し方は至極気さくなもので、面識はないはずだけれど不思議に思いながらも挨拶するために立ち上がろうとした。

「あ、いいよ。そのままで。君たちは騎士殿のご友人かな？」

「は、はい。あの……」

ジークベルトと名乗る少年がルイーゼに向かって胸に手を当てて軽く低頭し、顔を上げてニコリと微笑んだ。

「君、さっき反対側の応援席でじっとこちらを見ていたでしょう？　綺麗な人に見つめられて舞い上がりそうになったよ」

「え⁉」

──違う……。私が見ていたのは……。

「フフッ。それとも君が見ていたのはアルフォンス殿下なのかな？」

「っ……！」

まるで心を見透かされたのかと錯覚してしまいそうな言葉を聞いて驚いてしまった。

「王太子殿下がときどき君を見てたから、僕もついつられて見ちゃった。うん、近くで見ても可愛いね。ところでなんだか美味しそうなものを食べてるけど……これって何？」

ジークベルトがアイスブルーの瞳をキラキラさせながら、クリームパンを指差す。

「クリームパンといいます。中にカスタードクリームが入っているのです」

「……へえ」

それまで浮かべていたにこやかな笑みが一瞬消えたように見えた。

「……？　よかったらお召し上がりになりますか？」

「ああ、ではお言葉に甘えていただこうかな」

ジークベルトさまは相変らずニッコリと笑っている。先ほど表情が変わったように見えたのは気のせいだったのか。

ジークベルトさまは差し出した容器からクリームパンを1つ取りそのまま齧りついた。そしてその断面をじっと見つめながら呟く。

「……うん、美味しいね。ありがとう。これは誰が作ったの？」

「私です。あ、ご挨拶が遅れて申し訳ございません。私はクレーマン侯爵家のルイーゼと申します」

「そう、ルイーゼ嬢か。覚えておくよ。……それじゃ、僕はもう行くね。皆さん、ごゆっくり」

ジークベルトさまは一礼をして、食べかけのクリームパンを手にしたまま護衛と一緒にその場を立ち去った。

お昼の休憩が終わったあと再び模擬戦会場へと戻ると、午後の試合に備え準備が行われていた。午前中に座っていた席に戻り、会場を挟んで反対側の観戦席に目を向ける。午前中に目にした場所にアルフォンスさまたちの姿は見当たらない。一緒にいたあの少年と少女は何者だったのだろうか。

「ジークベルト……。もしかしたらマインハイム王国の留学生……？」

観客席に座ったオスカーが何かを考え込みながら呟いた。

「マインハイム王国？」

「ええ、近々隣のマインハイム王国から留学生が来るらしいと聞いていたのを思い出しました。だけどまさかこんなに早い時期とは思わなくて……」

「そうだったの」

留学生——アルフォンスさまが行動を共にするくらいなのだから、恐らくかなり高位の貴族か、もしかしたら王族なのかもしれない。

何試合かが終わったあと、いよいよローレンツさまの試合となった。試合の相手は第2騎士団のフォルカー・ザンデルという騎士のようだ。

試合開始の合図とともにザンデルさんが飛び出した。利き手側から回り込むような進路を取る相手に、ローレンツさまが体の軸を回転させてその刃を自分の剣身で受け止める。

ガキーンという金属音とともに剣と剣が交差する。ローレンツさまがその状態から強引に剣を横薙ぎに払い、相手の体をはるか後方に弾いた。

重心を低く構えていたザンデルさんが構えた姿勢のままズズッと後退する。地面にはその軌跡がありありと残っていた。圧倒的な力の差を見せつけられたからなのか、ザンデルさんは呆然としているようだ。

すかさずローレンツさまが相手の間合いに飛び込んで、相手の剣を下から弾き飛ばした。ザンデルさんの剣が空中高く舞い上がり、5メートルほど後方の地面へと突き刺さる。そこで審判の判定が下った。

「勝者、第1騎士団所属、ローレンツ・バルテル！」

判定の直後、会場は盛大な拍手に包まれた。ローレンツさまがザンデルさんに対して一礼したあと、こちらを向いて敬礼をした。

ローレンツさまがとても強いのは知っていたけれど、実際に目にしたことで今さらながらに感動してしまう。

「ローレンツさんは騎士団に入団当初、他の騎士にお父上であるバルテル騎士団長の七光りだと言われていたそうです。誰よりも努力を重ねて実力を身に付けた彼を、親の威光だという者はもはや誰もいません。元々の才能に努力を積み重ねた実力は並大抵のものじゃない。僕はそんな彼をとても尊敬しているんです」

興奮して説明するオスカーの目がキラキラと輝いている。その熱い口調にローレンツさまへの憧れが感じられて、普段は大人びていてもこんな子どもらしい一面もあるのだなと思って胸がいっぱいになった。優れた宰相を父に持つオスカーにとって、ローレンツさまの行動には何か共感するものがあったのかもしれない。

そのまま午後の試合も滞りなく進行した。皆で模擬戦を観戦できてとても楽しかった。ローレンツさまとニーナの勇姿が強く瞼に焼きついている。屋敷へ戻ったあとも興奮冷めやらぬオスカーと、今日の試合について熱く語りあかした。

◇2人の留学生

翌日の昼休みに1人で学園の渡り廊下を歩いていると、アルフォンスさまが向こうから歩いてくるのに気付いた。アルフォンスさまはジークベルトさまと模擬戦で見かけた美少女と一緒だった。

改めて近くでジークベルトさまと美少女を目にして、やはり顔立ちがよく似ていると感じた。2人は兄妹なのかもしれない。よく見るとジークベルトさまは少女よりも頭1つ分は背が高い。学園の制服に身を包んでいる姿を見て、オスカーの言った通り2人は留学生なのだと思った。

立ち止まって一礼した私に向かって、アルフォンスさまが笑みを浮かべる。

「やあ、ルイーゼ。元気そうだね」

「ご機嫌よう、アルフォンス殿下」

「ちょうどよかった」

アルフォンスさまがニコリと微笑んで留学生の方を向いた。

「王子殿下、王女殿下、紹介します。こちらはクレーマン侯爵家のルイーゼです。殿下がたと同じ学年になります。ルイーゼ、こちらはマインハイム王国のジークベルト王子殿下とテレージア王女殿下だ。２人ともまだ学園に馴染みがないので、どうか殿下がたを手助けしてあげてくれないかな」

恐らくは高貴な身分の方々だろうと予想はしていたけれど、あの気さくな様子のジークベルトさまがまさか王族だったなんて。

「承知いたしました。クレーマン侯爵家のルイーゼと申します。どうかよろしくお願いいたします」

カーテシーの礼で挨拶をした私に、ジークベルト殿下がニコリと微笑んだ。

「ルイーゼ嬢とは昨日のお昼に会ったね。昨日はご馳走さま」

「恐れ入ります、殿下」

「あまりかしこまらないでよ。ここではただの留学生だし、殿下呼びは要らないよ。同級生なんだし、これからはジークベルトと呼んでほしい。こっちにいるのが双子の妹のテレージアだ。仲良くしてあげてね」

なるほど双子ならば顔がそっくりなのも頷ける。

「承知いたしました。ジークベルトさま」

「驚きました……。すでにお会いになっていたのですね」

「ええ、昨日のお昼にね。美味しいパンをご馳走になりました」

昨日と変わらず気さくに話すジークベルトさまを見て、アルフォンス殿下が驚いたように目を瞠った。

その隣でテレージア殿下が私に向かって柔らかく微笑んだ。

「私のことはテレージアと呼んでください。ルイーゼさん、どうか仲良くしてくださいね」

「もちろんですわ、テレージア殿下」

改めて近くで見ると、うっとり見惚れてしまうほどに美しい少女だ。腰までのサラサラと真っ直ぐなプラチナブロンドの髪はハーフアップに編み上げられ、アイスブルーの大きな瞳に長い睫毛が影を落としている。全体的に華奢で儚げな雰囲気だ。

一方ジークベルトさまはというと、美しい顔立ちはテレージア殿下とよく似ていて中性的だけれど、優しげな眼差しの中にも意志の強さが感じられ、印象はまるで対極的だ。

アルフォンスさまがふと思い立ったように口を開いた。

「ああ、王女殿下はルイーゼに学園内を案内してもらってはいかがでしょうか？　確か同じクラスですから」

「まあ、そうなのですね。ではよろしいかしら、ルイーゼさん？」

「ええ、ぜひご一緒させてくださいね。テレージア殿下」

「私にも『殿下』は要らないわ」

「ではテレージアさまと……」

「ありがとう。なんだかお友だちができたみたいで嬉しいわ。それではアルフォンス殿下、またのちほど」

「ええ、ご機嫌よう」

アルフォンスさまに向けるテレージアさまの眼差しに仄かな熱が感じられて、なんだかモヤモヤとしたものが胸に広がっていく。

「ルイーゼ嬢、またあとでね」

別れ際ジークベルトさまに投げかけられた言葉に首を傾げる。あとで会う約束などした覚えはないのだけれど。その様子を見ていたアルフォンスさまの表情が僅かに曇った気がした。

アルフォンスさまたちと別れてテレージアさまと一緒に教室へ向かう。その途中でテレージアさまが頬を染めながら微笑む。

「アルフォンス殿下は本当にお優しくて素敵な方ね。ジーク兄さまとは大違いだわ」

「そうなのですか?」

「ええ。兄さまはいつもニコニコしているけれどああ見えてかなり腹黒なのよ。ルイーゼさんも騙されては駄目よ」

「そんなことを仰ってはお可哀想ですよ」

テレージアさまが優しくて素敵と評するアルフォンスさまも、実はかなりの腹黒だとオスカーが常々言っていたのを思い出す。

とはいえ、アルフォンスさまは私に対してはいつも優しい。頬の傷もだいぶ薄くなってはいたけれど、痕が残ってしまうかもしれない。アルフォンスさまのことを思い出して、思わず溜息を吐いてしまった。

それにしてもテレージアさまは随分気さくな女性のようだ。とても話しやすい。きっとこのような素敵な女性ならアルフォンスさまのことも幸せに……。ついそんなことを考えてしまい、テレージアさまを教室に案内したあともずっと胸のモヤモヤが消えることはなかった。

◇モンブラン

放課後、製菓クラブで本日のお題を話し合うために皆で調理台を囲んだ。そんな中カミラが大きな紙袋をドンと台の上に置いた。皆が首を傾げる中、カミラが紙袋の1つを開いて中を見せる。

「見て。綺麗な栗でしょう？　領民の方から大量にいただいたのを持ってきたのよ。ということで今日は栗を使ったお菓子でお願いします。ねっ、ルイーゼ」

「ええっ、私⁉」

栗……下準備に時間がかかるけれど、大丈夫だろうか。栗の皮剥きはあまり得意じゃない。いや、むしろ苦手……。

「あ、一応、一晩水に浸けてきたのを持ってきたから」

さすがはカミラ、抜け目がない。ここまで準備してくれたのならばもうやるしかないだろう。

「それじゃあ、モンブランケーキを作りましょうか」

「もんぶらん？」

「ええ、モンブラン」

モンブランケーキ。――細く絞り出された栗をベースにしたクリームがスポンジケーキの上に所狭しとのっかっている。前世で大好きだったお菓子の1つだ。

モンブランという名前にカミラが首を傾げるのも無理はない。語源が前世の世界の地名であるアルプスの山だから知らなくて当然だ。

カミラの栗を大きな鍋に入れたあとたっぷりの水を入れ火にかけて、1時間くらい茹でる。

「その間にカップケーキを作りましょうか」

以前クラブで作ったことのあるカップケーキ作りの作業に入れば、皆すでに経験済みなだけあって手慣れたものだ。素晴らしい手際によってベースのカップケーキが焼き上がった。

下準備の大変な栗を磨り潰す作業に四苦八苦したものの、なんとか滑らかな栗のクリームが仕上がった。

「ルイーゼ、このあとどうするの？」

「フフフ。これを見て！　絞り口金よ！」

「しぼりくちがね？」

私が手に持っているのは、昨日届いたばかりの特注口金だ。ケーキにデコレーションをする際、クリームをいろんな形に絞り出すために使うものだ。いつか使うかもしれないと考えて金物店にクラブ用と家用に2セット特注しておいたのだ。

モンブランはやっぱりあのチュルチュルとした見た目と食感が肝だと思う。これだけは譲れない。齧り付いたあとに口の中でクリームがほどけていくあの感じ……ああ、堪らない！

特注の口金を使って予め焼いて冷ましておいたカップケーキに栗のクリームを絞り出していく。懐かしいあのモンブランの見た目が再現されてくるとともに、栗の素朴な風味と甘さが思い出されて自然と口の中が潤ってくる。

「できたぁ……」

「わぁ、綺麗」

「美味しそう！」

「へぇ、それモンブラン？」

ん？　今最後に男子の声が……。

声のしたほうを振り向くと、皆の中に自然に溶け込むようにジークベルトさまが立っていた。多分来たばかりなのだろうけど、それよりも今しがた耳にした言葉に信じられないという思いが湧いてくる。

「ジークベルトさま……」

私たちの作ったお菓子を見て、今確かにジークベルトさまが『モンブラン』と口にした。その発言によって頭の中にある予感が生じる。

モンブランの仕上がりは上々だった。カミラの持参した新鮮な栗をベースにしたクリームは風味が豊かで、その極上の味について製菓班の皆が口々に感想を漏らす。

「優しい甘さね。私これ好きだわ」

「うーん、美味しい！」

「この見た目が面白いわね。チュルチュルでフワフワしてる」

皆の美味しそうな笑顔を見てほっこりしていると、不意に視線を感じてテーブルの向かい側に目をやった。視線の先にはごく自然に皆に溶け込んで会話に加わっているジークベルトさまの姿があった。

私のお裾分けしたモンブランを頬張りながら、ジークベルトさまが実にいい笑顔を浮かべていた。この女子ばかりの会合に思いっきり馴染んでいる様子を見て、他人との距離をごく自然に詰めていくジークベルトさまのコミュニケーション能力にひたすら脱帽する。そんな王族らしからぬ姿を目にして先ほど感じた予感が確信に近づいていく。

「いやぁ、美味しいね、このモンブランっていうお菓子。誰が考えたの？」

そう尋ねるジークベルトさまに部員の１人が誇らしげに答える。

「ルイーゼですわ。彼女の作るお菓子は絶品ですの」

「へぇ。凄いね、ルイーゼは」

ジークベルトさまがニコリと笑ってこちらを見た。その笑顔の裏に特別な意味合いを感じ取ったのは恐らく私だけだろう。

ジークベルトさまから指摘されない限り気付かない振りを続けよう。そのほうが得策に思えた。

そもそもなぜジークベルトさまは調理室へ来たのだろうか。製菓クラブの活動をわざわざ見学に来たのか、それとも私に接触するためなのか。何らかの目的があってここへきたのではないだろうか。

「ルイーゼ、あとで話があるんだけどいいかな？」

「……承知しました」

ほら来た……。やはり私に会うために調理室へ来たのだろう。用件が何なのかはまだ分からないけれど話すしかない。私もジークベルトさまが一体本当は何者なのか知りたい。


片付けが終わって皆が調理室を出たあとに、ジークベルトさまと向き合って座った。今日オスカーは用事があるため迎えに来ることはない。とはいえ調理室の扉は開いたままで、学園にはまだ多くの人が残っている。密室に2人きりというわけではなく、大声を出せば誰かが気付く状況だ。

何を言われるのだろうと警戒しながら待ち構える私に向かってジークベルトさまがゆっくりと口を開いた。

「ルイーゼ、君にお願いしたいことがあるんだ」

「……お伺いいたします」

覚悟を決めた私に、ジークベルトさまが今までに見たことのないような真剣な眼差しを真っ直ぐに向けてくる。

「いきなりで驚かせたら申し訳ない。実はルイーゼにうちの国に来てほしいんだ」

あまりに予想外な言葉にすぐには理解が追いつかず、しばらく呆然と固まってしまった。どうして隣国の王族であるジークベルトさまが私を国へ招くという話になるのか。その目的は？頭の中に次々と疑問が湧き上がる。

一度気持ちを落ち着かせて理由を確認しなければ。目を瞑って大きく深呼吸をして瞼を開く。そして真っ直ぐにジークベルトさまの目を見つめた。

「ジークベルトさま。まずは理由をお伺いしてもよろしいでしょうか」

するとジークベルトさまも同じく真剣な眼差しで小さく頷いた。

「ああ、そうだね。理由は我が国に優秀な人材が欲しいからだ。留学中に優秀な人材を見つけたらぜひ我が国にお誘いするようにと陛下から言い渡されている。そして君に会った。君のことを調べてみれば、成績、人格面での周囲の評価、身分、品位、素行、どれをとっても申し分ないと判断したんだ。だから君を我が国へ留学生として招きたいと考えたんだよ」

ジークベルトが今までにない真面目な口調で説明をする。嘘を言っているようには聞こえない。

そういえばたった今思い出した。乙女ゲーム『恋のスイーツパラダイス』で主人公のヒロインが全てのパラメータを最高値に近いくらいまで上げると、隠しキャラクターを攻略できる設定があったことを。

そのキャラクターを攻略したことはないので名前までは覚えていなかったけれど、ヒロインの聡明さに惹かれて隣国へ婚約者として迎え入れるというエピソードだった気がする。もしかしてその隠しキャラクターがジークベルトさまなのではないだろうか。完全に記憶から抜け落ちていたけれど。

ジークベルトさまの話について考えてみる。本当に「優秀な人物だから」という理由だけなのだろうか。どうにもしっくりこない。なぜならジークベルトさまの告げた条件を満たす人物がこの学園には他にもたくさんいるからだ。

なぜジークベルトさまは私を選んだのだろうか。そこでふと先ほどジークベルトが口にした信じられない言葉を思い出した。

「ジークベルトさま、理由は本当にそれだけですか？　我が学園で貴方が仰る条件を満たす人物は少なくありません。それに貴方は先ほど『モンブラン』という言葉を元々知っているかのように口にされていましたよね？」

私の問いかけに対して、ジークベルトさまは真剣な表情を俄に緩めてニコリと微笑んだ。

「そうだっけ？」

「ええ、間違いありません」

ジークベルトさまは完全に以前の調子に戻り、笑みを浮かべつつ肩を竦めた。

「……ふぅ、仕方がないね。嘘を吐いているわけじゃない。だけど全てを打ち明けたわけでもない。なるほど君に信用してもらうには僕も全部曝け出さないといけないってわけか」

「……ええ、そう願いますわ」

今のジークベルトさまの言葉で確信した。やはりジークベルトさまは……。

「うん、僕は君の予想通り転生者だよ。前世は日本の大学生だったんだ。君がうちの国に来てくれたら打ち明けるつもりだったんだけどね」

やはり予想通りだった。けれど真実を打ち明けてもらったからには、自分もまた真実を告げなければならないということだ。

どちらにしても『モンブラン』の件ですでにばれているようだし、同じ転生者なら私が話す内容も全て信じてくれるだろう。こうなっては覚悟を決めるしかない。

「やはりそうだったのですね。いろいろと納得いたしました。ジークベルトさまが私に近づいたのは私のことも転生者だと思ったからですよね？」

「うん。やっぱり君は敏いね」

「……」

ジークベルトさまが美貌の笑みを浮かべる。私を誘う目的で調理室へ来たということは、『モンブラン』以前に私が転生者ではないかと予測していたということだ。一体いつ、なぜ気付かれてしまったのだろう。

それに未だに分かっていないことがある。たとえお互いの正体を露呈し合っても、ジークベルトさまの本当の目的が掴めていない。

「君が転生者じゃないかと疑った切っ掛けは模擬戦のときに君が差し出してくれたクリームパンだった。この世界にあり得ない言葉を聞いて本当に驚いたよ。日本でしか目にできないものだと思っていたからね。そしてあのパンを君が作ったと聞いたときに、僕は自分以外にも転生者がいるかもしれない可能性を初めて認識したんだ」

ジークベルトさまが自分の髪を人差し指で弄りながら話を続ける。

「そして今日『モンブラン』を見て確信したよ。ルイーゼ嬢、君が転生者だってね。クリームパンは百歩譲って偶然辿り着ける可能性があるけど、モンブランはさすがにね……。あの形は独特だから。……ところで君は前世では何をしていた人だったの？」

「私は……会社員でした」

「そうなんだ。なんだかさ、ずっと転生者は僕1人だと思ってたから君がそうだと分かって嬉しかったよ」

ジークベルトさまは本当に嬉しそうだ。本来ならばそうなのかもしれない。私の場合はモニカさんにもたらされた嫌な経験があるばかりに他の転生者に出会えた喜びが薄かったけれど、出会った転生者がいい人だったらとても嬉しかったのではないだろうか。

「そうだったのですか……。実は私が以前知り合った転生者が少々癖のある方で、同士に出会えたと感動するよりも先についつい警戒してしまうのです」

「君の他にも転生者がいたの⁉」

「ええ、今は恐らく領地にお帰りになっているかと……」

「へえ、そうなんだ。今度詳しく聞かせてくれる？」

「承知しました。それはそうと、どうして私が転生者だと国へ招くというお話になるのでしょうか」

話がそれてしまったことに気付いて再び疑問を投げかけると、ジークベルトさまは笑みを消して真剣な表情を浮かべた。

「僕たちが前世から持ってきた知識は国の力となり財産となる。そのくらい価値があるものだ。僕は理工学部の大学生程度の知識しかないが、それでも随分国の発展のために貢献できていると自負している」

「そうだったのですね。私なんてパンとお菓子の知識くらいしかないのでとても素晴らしいと思いますわ」

「ふうん？　でもあれ、冷蔵庫だよね？」

ジークベルトさまが、彼の後方に設置している魔道具の冷蔵庫を親指でグイッと示してニヤリと笑った。

ギクリ……。どうやら気付かれていたようだ。ジークベルトさまが指した冷蔵庫は、つい最近試作品を置かせてほしいとギルベルトさんが調理室へ寄付してくれたものだ。ジークベルトさまの目敏さと機転の早さにほとほと頭が下がる思いだ。

「……お菓子作りに関係するものだけです。私は興味があることへの知識しかありませんし、興味に値するものに対してしか情熱が湧きませんから」

「うん、それでいいと思うよ。僕は別に、うちの国にきて率先して知識を提供しろなんて言っているわけじゃないんだ」

「……？」

「本人が意識しなくても転生者がもたらす知識の恩恵はかなり大きいんだ。君の知識が偏っていてもその価値は莫大なものなんだよ。僕には調理の知識もそれに関する知識もほとんどないけど君にはある。それだけでも価値があるものなんだ」

ジークベルトさまの言っていることは確かにもっともだし筋が通っている。目的の全てを語っているとは思わないけれど、かといって嘘を吐いているわけでもないのだろう。

一介の貴族令嬢が隣国の王子さまにうちの国へおいでと誘われた。こんなお伽噺のような話、普通の令嬢なら二つ返事で頷くかもしれない。

けれど私にはこの国に留まりたい理由がたくさんある。何よりもマインハイム王国には『彼』がいない。たとえ恋が叶わなくとも近くにいたいと思うのは変だろうか。

「仰られることは分かりました。ジークベルトさまのお誘いは大変光栄に存じますけれど、私は……」

「待って。返事をする前にもう1つ大事な話があるんだ」

ジークベルトさまが私の言葉を片手で制止した。

「留学してくれと言って、君がすぐに了承してくれないだろうということも予想していたよ。だから僕の力で君のためにしてあげられることを考えてきたから、先に言わせて」

「私のため?」

「うん。ルイーゼ嬢、君には夢があるかい?」

「夢……」

大好きなお菓子を作りながら愛する人と幸せに暮らしたい。今は無理でもこの先の未来で再び大切な人ができるかもしれない。もし貴族という縛りがなかったら小さなお菓子のお店を開いてたくさんの人に美味しいお菓子を食べてもらうのもいいかもしれない。そんな平凡な願いを夢といってもいいものだろうか。

「僕はね、自分の知識を使ってマインハイム王国を豊かな国にしたいと思っている。僕は王太子ではないし、今のところ王になる予定もないけど」

ジークベルトさまが身を乗り出して、溢れんばかりの情熱を表すかのごとくキラキラと輝く瞳を向けてくる。

「国が豊かになれば国民も豊かになる。施政にもよるけど、豊かになれば国民の末端にまで財がいきわたると思うんだよね。真面目に働けば豊かに暮らせるって理想じゃない？　僕は王のそばでその手伝いをしたいんだ」

「それは素敵ですね」

ジークベルトさまの理想は夢のようだ。将来マインハイム王国の施政を担う国王が正義の人であれば、ジークベルトさまの夢もきっと実現できるだろう。

「ごめん、つい熱くなっちゃって。それで、君の夢を聞いてもいいかな？」

ジークベルトさまが恥ずかしそうに笑った。確かに隣国への留学自体は悪い話ではない。他国の文化に触れることで見聞も広められるし、視野が広がれば人間的に成長できるかもしれない。

けれどこの国を離れることは、全てを手放さなければならないということだ。大切な家族、大切な友人、そしてあの人の近くにいることも。

「私の夢は……自分にとって大切な人たちを幸せにすることです」

「そっか……。ルイーゼ嬢、僕が君にしてあげられることとして、もし君が我が国に来てくれたら、僕が君の夢を全力で叶えると約束するよ」

ジークベルトさまの熱い眼差しからは紛れもない誠意が伝わってくる。その心遣いをありがたいとは思うけれど私に迷いはない。

「ジークベルトさま、お気持ちはありがたいと思います。ですが私の夢は他人に叶えてもらうようなものではありません。私が自分の力で叶えたいのです。この国にいなければできないことですので。ですから私はこの国を離れる気はありません。大変光栄なお申し出ですが、留学のお話は謹んでお断りいたします」

真っ直ぐに目を見て固い意思を伝えると、ジークベルトさまが肩を竦めて苦笑した。

「そこまではっきりと断られたら諦めるしかないね。無理強いするつもりはないから留学のことは諦めるよ。そして君が転生者ということは僕の胸の中にしまっておく」

「ありがとうございます」

深くお辞儀をする私にジークベルトさまが再び真剣な表情を向けた。

「ただね、さっきも言った通り転生者の知識というのは計り知れないほどの価値があるものなんだ。この国では転生者の前例がないからそのことが取り沙汰されることはないけど、我が国では一部の人間からその価値が知れ渡ってしまっている。だから民間でも新しい発明があったりすると、転生者であることを期待されて誘拐事件にまで発展したことがあるんだ」

「なんてこと……」

「恥ずかしいことだけど、我が国では転生者を求めて裏組織が動いているという話も耳にしている。君が我が国に来るのなら王宮で厳重に保護するつもりだった。だけどもし君がこの国で平和に暮らしたいなら転生者であることは絶対に隠し通すんだよ」

「……承知しました」

「ルイーゼ嬢、気を付けてね。それじゃ、僕はこれで失礼するよ。気が変わったらいつでも声をかけてね」

「承知しました。ご機嫌よう、ジークベルトさま」

調理室を出ていくジークベルトさまの背中を見送ったあと、帰宅するために鞄を手に取った。

転生者が狙われる。——この国では考えられないことだ。私の場合はそれほど派手に活動したわけではないしきっと大丈夫だろう。

不安を拭い去るように頭《かぶり》を振って調理室から出たところで、突然後ろから声をかけられた。

思わず肩が跳ねる。

「ルイーゼ……」

驚いて振り返ると、そこには思いつめたような顔をして立ち竦むアルフォンスさまの姿があった。

◇ルイーゼの言葉で

目の前で思いつめたように佇むアルフォンスさまにかける言葉が見つからない。なぜならたった今まで、ジークベルトさまと誰にも聞かせられない話をしていたからだ。

もしかして今の話を聞かれてしまったのだろうか。そうだとしたらどう説明すればいいのか。

「アルフォンスさま……」

どうしよう。ずっと隠していたことを知られてしまったのかもしれない。

(アルフォンスさまはどこから見ていたの？　いつから話を……？)

いくら考えても仕方がない。腹を括ってアルフォンスさまの言葉を待つことにした。

「ごめん。ジークベルト殿下の動きが気になってあとをつけてきたんだ。……許されないことだけど、さっき君たちが調理室でしていた話、全部聞いたよ」

「全部……」

ひゅっと息を呑んでしまった。全部聞いた……？　段々と指先が冷たくなっていくのを感じる。

アルフォンスさまがゆっくりと頷いた。その表情は心なしか寂しそうに見える。

「転生者や前世の知識という言葉……。俺には全く意味が分からない。ルイーゼ。君の言葉で説明してくれないか？　……それとも、まだ言いたくない？」

ここまで知られてしまった以上隠し通すのはもう無理だ。もはや観念するしかない。アルフォンスさまの問いに何と答えていいか分からず、無言のままフルフルと首を左右に振った。

「とりあえずここでは聞かれるとまずい話もあるだろうから、調理室へ入ろう」

「はい……」

アルフォンスさまに促されて、一緒に再び調理室へと戻る。調理台の側に置いてあった椅子に向かい合わせに座った。

「ごめんね、本当は重要な話をこんな場所でするべきではないのかもしれないけど、未婚の女性と密室に2人きりというのも外聞が悪いだろうから。ただ遮音の魔道具だけは使わせてもらうね」

「はい」

アルフォンスさまが身に着けていた腕輪に触れて、私たちの周りに遮音の結界らしきものを展開した。薄っすらと半透明の薄い水色の膜が周囲に張られている。初めて見たけど、このドームから外に音が漏れないようになっているのだろう。

「これで大丈夫だよ。それじゃ、話してくれる？」

「はい……。今さら信じてはいただけないかもしれませんがいつかはお話しするつもりでした。実は以前、アルフォンスさまの側で転倒して頭を打ったときに前世の記憶を思い出したのです」

「前世の記憶？」

「はい。今のルイーゼ・クレーマンとして生を受ける前に送っていた人生の記憶です」

「そんなことがあり得るのか……」

「はい。現にジークベルトさまも私と同じ境遇で前世の記憶を持っていらっしゃるとのことです」

「ほお……」

アルフォンスさまが片手を顎に添えて何かを考え込んでしまった。奇想天外ともいえる情報を1つ1つ落とし込んでいるのかもしれない。

「私は前世、日本という国で会社員……商業組織の従業員みたいなことをしていました。日本は今のこの国よりも産業や文化が発達していました。ギルベルトさんと開発した魔道具の冷蔵庫もその1つです。その代わり魔法というものは一切ありませんでしたが」

「そんな国があるのか……。信じられないな」

「私にはよく分かりませんが、日本はこの世界とは別の世界にある国なのです。信じられないと思いますけど、実際にマインハイム王国ではジークベルト殿下が日本での知識を生かしてご尽力なさっているようですわ」

「なるほど……」

ここまで話した内容は、さっきジークベルトさまと話していた内容だ。ここからの話はもしかしたら信じてもらえないかもしれない。下手すると頭がおかしいと思われるかも。

「私の持っている記憶によると、この世界は私が前世で遊んでいた乙女ゲームに限りなく似た世界なのです」

私も以前はモニカさん同様にここが乙女ゲームの世界だと思っていた。けれど今は少し違うのではないかと思う。実際は乙女ゲームに限りなく近い世界なのではないかと。なぜなら私がプレイしたゲームとはかなり違う流れになっていると感じたからだ。

とはいえ、あの夢に見た未来が現実になるのではないかという懸念は全く払拭できないのだけれど。

「…………乙女、ゲーム?」

ああ……予想通りの反応だ。アルフォンスさまが信じられないといったふうに眉を顰める。

それはそうだろう。逆の立場だったら私も絶対に信じられない。

「私は前世でこの世界を舞台とする乙女ゲームをしていました。乙女ゲームというのは日本で女性が遊ぶ仮想の物語みたいなもので……。ちなみに主人公はモニカさんです。私は彼女の恋路を邪魔するライバルの令嬢で……」

「ちょ、ちょっと待って。その乙女ゲームというのはよく分からないけど、もしかして、モニカ嬢が言っていた『イベント』とか『ゲーム』とかっていうのはそれに関係があること？」

「はい、そうです……」

アルフォンスさまは大きく息を吐いて真っ直ぐにこちらを見て微笑んだ。

「もう理解できなくても信じるしかないね。君の言うことが真実ならあのときのモニカ嬢の言動も全て納得がいく。意味不明の言葉を連ねていたから心が壊れてしまったのかと思っていたけど……そういうことだったのか」

「はい。確かにそのゲームでモニカさんはヒロイン……主人公でした。彼女はこの世界を自分にとって都合のいい世界だと決めつけていたようですが、実際はゲームなどではなくれっきとした現実の世界だと私は考えています。……そう、分かってはいるのですが……先日私が辿る未来の1つを夢に見たのです」

「未来？」

「はい。遠くない未来、アルフォンスさまは私と婚姻を結んだあと、10人の側妃を持って多くのお子をお持ちになるのです。ですが私には指1本触れないまま、20年という月日が経っていました」

「そんな、まさか。……あり得ない」

「本当なのです。私たちはとても冷え切った関係のようでした。アルフォンスさまは『賢王』と称賛される一方で、その……失礼かもしれませんが『好色王』と国民から呼ばれていました」

「こ、好色王……」

アルフォンスさまが片手で自分の目を覆って天井を仰いだ。どうやらかなり衝撃を受けてしまったようだ。アルフォンスさまの様子から酷く混乱していることが窺える。

「最初はただの夢かと思っていました。ですが何度も見ているうちに今では現実になるのではないかと思えてならないのです。前世の日本では一夫一妻制で、夫婦はお互いに唯一の存在なのが当たり前でした。だから私はいくら好きでも自分のことだけを愛してくれる人でないと結婚したくないのです」

夢のことを思い出すとあの可哀想なルイーゼ妃の感情とリンクしてしまう。そしてずっと心の中で燻っていた思いが次々と溢れ出てしまいそうになる。

「ルイーゼ、待って。落ち着いて」

「あ……」

どうやら自分で思っていたよりも興奮していたみたいだ。いつの間にか眦からひと筋涙が零れてしまっていた。膝の上に載せていた両手は強く握りこまれ拳が白くなって、掌には爪が食い込んでいる。痛い……。アルフォンスさまに宥《なだ》められてふっと肩の力を抜いた。

「ルイーゼ、俺の話を聞いて」

「はい……」

アルフォンスさまが椅子を近づけて私の両手を自分の両手で優しく覆った。そして真っ直ぐに私の目を見つめる。

「俺は絶対に君以外の女性と親しくはならない」

「アルフォンスさま……」

私の目を真っ直ぐに見つめるアメジストの眼差しはまさに真剣そのものだった。アルフォンスさまが私の手を包む両手に少しだけ力を入れる。

「ルイーゼが見た夢の俺は最低だと思う。大事なものを見失うなって殴りたくなるよ。きっと好色王の俺も君以外に大事なものが見つからなかったんじゃないかと思う。とはいえその夢の俺はどうしようもない大馬鹿者だ」

「大事なもの……？」

「うん。だけど今ここにいる俺はルイーゼを見つけることができた。一度見つけたのに見失ってしまったけど、再び見つけることができた。もう絶対に見失ったりはしないと誓うよ」

「……アルフォンスさま」

アルフォンスさまが少しだけ首を傾げながら私の目を見る。アメジストの瞳が何かを請い願うように不安げに揺らめいている。

「ルイーゼ、さっき君は『いくら好きでも』って言ったよね」

「え……」

言っただろうか、そんなこと。……言ったかもしれない。切なげなアルフォンスさまの表情にぐっと心臓を鷲掴みにされたような気持ちになる。

「以前俺に対して好意がないって言ったのは、もしかしてその未来の夢のせい？」

「それは……」

確かにアルフォンスさまの言う通りだ。もし妃になって未来の夢が現実になってしまったら。そう考えるととてもアルフォンスさまと結婚などできないと思った。夢に出てきたルイーゼ妃の寂しさを……痛いほどの悲しみを知っているから。

「確かに夢が現実になると思っていたなら俺を拒絶して当然だと思う。だけど信じてほしい。……ルイーゼ、君に約束しよう。君と婚約したとしても絶対に君の気持ちを踏みにじるようなことはしない。未来永劫、死が俺たちを分かつまで側妃を置くことなどしないし、誰にもさせないと誓う。この命にかけてだ。魔法契約書を交わしても構わない」

アルフォンスさまの力強い口調に戸惑ってしまう。それほどまでに夢に見た未来の可能性を強く否定されるとは予想しなかったからだ。

「そんなっ！　でももしっ、……もし、お世継ぎが生まれなかったら……どうするのですか」

言葉を紡ぎながら悲しくなって最後のほうでは声が小さくなってしまった。さすがに後継ができないのに側妃を置かないなどというのは許されないのではないだろうか。

「王位継承権を持つ者は他にもいる。子ができなかったら別の継承権を持つ者に王位を譲ればいいだけのことだ。まだ陛下は当分健在だしね。あの人、上手いこと仕事に手を抜く人だからきっと長生きするよ」

「フフッ、そんなこと……」

予想外のカミングアウトに思わず笑ってしまった。国王の過労死がなさそうで何よりだ。

「……やっと笑ってくれた。君が頷いてくれたら俺の妃はずっと君1人だけだ。ルイーゼ以外要らない。好色王になんか絶対にならない。……それでも俺に好意を持ってはくれない？」

「アルフォンスさま……」

アルフォンスさまを信じよう。そして未来への不安を乗り越えた今、「未来永劫側妃は持たない」、「好色王にはならない」と、そう力強く約束してくれたアルフォンスさまにずっと昔から抱いていた気持ちを誤魔化す必要があるだろうか。

伝えたい。ずっと伝えたかった。気持ちを言葉にして伝えようとすればするほど顔が熱くなってくる。きっと今、私の顔は恥ずかしさで耳まで真っ赤になってしまっているだろう。俯いたままなんとか心の内を言葉に紡いでいく。

「本当は私、ずっと幼いころからアルフォンスさまのことをお慕い申し上げておりました。そして今も……その、大好きです」

言った。言ってしまった。もう引き返せない。恥ずかしくて穴があったら入りたい。

アルフォンスさまの反応が気になって恐る恐るその表情を窺うと、私を見つめるアメジストの瞳が大きく見開かれていた。まるで時が止まってしまったかのように固まっている。

それほどまでに驚かせてしまったのだろうか。……まだ動かない。まさか意識がなくなっているとか……？

「……アルフォンスさま？」

アルフォンスさまの目の前に片手をかざして左右に振ってみた。すると突然立ち上がったアルフォンスさまにその手を掴まれて引き寄せられた。

「ルイーゼ！　ルイーゼ、ルイーゼ！　ああ、嘘みたいだ！　嬉しい！」

背中に両腕を回されてギュッと力いっぱい抱きしめられる。

（温かい。私も嬉しい。……でも、苦しい）

ギュウと力任せに抱きしめられて、上手く息ができない。このままでは呼吸困難に陥ってしまう。

「アルフォンスさま、くっ、苦しいですっ」

「ご、ごめん！」

いつも余裕があって冷静なアルフォンスさまの、いつにない慌てぶりを見てなんだか胸の中が幸せな気持ちで満たされていく。

背中に腕を回したまま少しだけ力を緩めてできた空間で、アルフォンスさまが私の顔をじっと見つめている。美貌の王子のドアップは凄まじい破壊力だ。そのまま少しずつ顔が近づいてきたので、恥ずかしさに堪えきれずギュッと目を閉じてしまった。

（キスされる……⁉）

急展開に頭がついていかず目を閉じたままそのときを待ったけれど何も起こらない。おかしいなと思って恐る恐る目を開けたら、アルフォンスさまが私の目をじっと見つめながら眉根を寄せてぎゅっと唇を真一文字に結んでいた。

「怖がらせてごめん。今はこれで十分……。本当は今までの態度を許してもらえないかもしれないと思ってた。そして君の拒絶が何よりも怖かったんだ。もし受け入れてもらえなくてもきっと諦められないだろうと思っていたから……。だからルイーゼが気持ちに応えてくれて心から嬉しい。俺も君のことが好きだ。何よりも大切なんだ。絶対に幸せにする。約束するよ」

「アルフォンスさま……」

アルフォンスさまが背中に回した手で私の髪を優しく撫でた。そして今までに見たことがないような優しい笑みを浮かべている。まるで大切なものを慈しむかのような笑顔に、胸が締めつけられる。

キスはされなかった……。安心したようなちょっと残念なような気持ちだけど、時間はたくさんある。これからはアルフォンスさまのことを大切にしたい。

ゆっくりと私の体を解放したアルフォンスさまがそのまま跪いて私の左手を取って指に口づけた。

「ルイーゼ、改めて申し込ませてほしい。どうか私の妻になってもらえませんか？」

「……はい、謹んでお受けいたします」

「ありがとう……」

今にも泣いてしまいそうな、けれどこれまで見た中でいちばん晴れやかな笑顔でアルフォンスさまが立ち上がり私の両手を自分の両手で包む。

「これからのことは2人で話し合っていこう。婚約者をルイーゼに決めたと陛下に報告するよ」

「嬉しいです。アルフォンスさま、正式に決まるまでは婚約のことを口にしない方がいいですか？」

「いや、むしろどんどん言っていいよ。反対されることはまずあり得ないし、反対されても絶対諦めないから」

「嬉しいです……。それとあの、もしこの外見がお気に召さなければすぐにでも……」

アルフォンスさまに嫌われる必要はもはやない。あえて派手に装う必要もなくなったわけで。それならばこれ以上アルフォンスさまの好みから外れるような装いを続けるのはいかがなものか。そう考えて派手な装いをやめると告げようとしたところで言葉を遮られた。

「いや、いつも通りの君でいてほしい」

「えっ？　けれど……」

「君がどんな外見をしていようと俺にとってはもう関係ないんだ。むしろ今のままがいい。君の素顔を晒してしまえばどんな害虫が湧くか……いや、すまない。なんでもない」

「……？」

アルフォンスさまの言葉の意味がいまいち分からないけれど、このままでいてほしいと言われればそうするしかない。

私にとってはありがたい話だ。確かに毎朝の準備には時間がかかるし面倒だけれど、モニカさんに水をかけられてすっぴんで学園内を歩かざるを得なかったときの心許なさが記憶に蘇る。丸裸で歩いているようなあの感じ……。もう縦ロールなしではいられない体になってしまったのかもしれない。

「とにかく今の俺にとってはどんな君でも変わらずに愛おしいんだ。だけどできれば今のままで」

「承知いたしました。ありがとうございます、アルフォンスさま」

なぜ現状維持を強調するのか分からなかったけれど、アルフォンスさまから武装の許可を得られてちょっとだけ安心した。

6章　マインハイム王国

◇武装復活

朝の入浴を済ませたあとにドレッサーの前に座って鏡越しに見ると、熱した鏝《こて》をスチャッと構えた2人の女スパイ……じゃなくてベテランの侍女たちが私の後ろに立っていた。エマとアンナが嬉しそうに口角を上げている。

「王太子殿下公認となればもうこちらのものです。ねえ、アンナ」

「ええ！　腕が鳴りますわね、エマ先輩」

「あのう、お手柔らかに……」

何がこちらのものなのかよく分からないけれど、鏡に映る2人の侍女の尋常ならざる気迫に気圧《けお》されて少しだけ身の危険を感じた。何が彼女たちをここまで駆り立てるのか甚だ疑問だ。公認とは言っても別にアルフォンスさまの好みというわけではないのだけれど。

（恐るべし……縦ローリズム）

ぼんやりとそんなことを考えていたら、いつの間にやら過去比1・5倍ほどもある蜂蜜色のボリューミーな縦ロールが出来上がっているではないか。その後ろでは薄っすらと額に汗を浮かべた我が精鋭たちが、やりきった感満載の笑みを浮かべてどや顔を披露している。

「……エマ、アンナ。これはちょっと張り切りすぎじゃないかしら……」

「何を仰います、お嬢さま。とてもゴージャスで美しく仕上がりましたよ。これほどまでに見事な縦ロールは誰も真似などできませんわ。ねえ、アンナ」

「ええ、私たちの過去最高の傑作が出来上がりましたね、エマ先輩」

「そう……ありがとう」

もはや目的がなんだか分からなくなってきている。私の髪型は芸術作品ではないのだけれど。とはいえ侍女たちの満足げな表情を見て『幸せそうだからまあいいか』と早々に諦めた。

見た目の体積が明らかに膨張したボリューミーな縦ロールを纏めているお父さまから貰った真っ赤なベルベットのリボンが若干悲鳴を上げているような気がする。

このリボンにはどうにか持ちこたえてもらわないと、解けたが最期、縦ロールが一気に爆発してしまうことだろう。

(今まで通りでと言われたけれど、これだけ髪がゴージャスなら化粧は薄くても大丈夫よね)

髪はともかく、以前のような濃い化粧を施すのは気が進まなかった。元々私は化粧をするのが嫌いな性分だ。肌が呼吸できないような気がして気持ち悪いのだ。

ここのところすっぴんに近い生活を送っていて、すでにそれに慣れてしまっている。エマとアンナの２人にはこれからも縦ロール作りを頑張ってもらって、化粧は薄目に施してもらおう、そうしよう。

けれどグレードアップした髪型を改めて鏡で見て溜息を吐く。エスカレートしたエマたちにそのうちアフロにされるような予感がしてならなかった。

出発の時間までエントランスでオスカーを待つ。昨日お父さまが帰ってきたのは夜遅かったし、オスカーも友人の家へ行っていたようで、２人にアルフォンスさまから求婚されたことを報告することができなかった。

「んぁっ」

なんて報告しようかしらなどと考えていると、後ろから声にならない呻きが聞こえてきた。振り返ってみると目をまん丸くしてあんぐりと口を開けたオスカーが立っていた。

「あら、オスカー。おはよう」

「おはようございます、姉上。今日はまた一段と……以前にも増して華やかでいらっしゃいますね」

「あら、そう？　ありがとう。エマとアンナが頑張ってくれたのよ」

縦ロールを右手でポワポワと持ち上げながらオスカーに向かってニコリと微笑む。なんだかこんなやり取りも懐かしくて、胸がほんわかしてしまう。以前はムッとすることもあったけれど、今はオスカーの軽口だと分かっているので、こんな会話もちょっと楽しい。

「……そうですか。どうしてまた……」

「アルフォンスさまが、今のままの君がいいって、仰ってくれたから……ポッ」

昨日のことを思い出して顔に熱が集まってくる。堪らず頬を両手で包んで左右に身を捩った。

「はぁ、またあの人は……仕方のない人ですね」

オスカーが肩を竦めて溜息を吐く。

「えっ、何が？」

「……いいえ。それよりも、姉上、何かいいことでもあったんですか？」

「えっ、分かるぅ〜？　キャッ」

「……」

オスカーがなんだか可哀想な子を見るような眼差しでこちらを見ている。自分でも一瞬昔の自分に戻ってしまったと思った。

馬車に乗り込んだあと学園に向かう途中で、昨日の放課後にアルフォンスさまと話した内容をオスカーに伝えた。私が転生者で前世の知識があることと、ここが乙女ゲームに似た世界であると打ち明けたこと、そして求婚されてそれを受け入れたことをだ。

全てを聞いたオスカーがニコリと笑った。

「姉上、おめでとうございます。よかったですね、思いを伝えられて」

「オスカー……。ありがとう！　私、幸せになります！」

「フッ。僕もようやく肩の荷が下りました」

「まあ！　それはよかったわね！」

「……ええ、お陰さまで」

オスカーが苦笑して小さく溜息を吐いている間にも、昨日のことを思い出してしまって零れてくる笑みが抑えられなかった。


お昼休みに呼び出されて、アルフォンスさまの教室へとやってきた。今日はオスカーがいないようだ。

アルフォンスさまの美貌を前にしてたちまち浮かれそうになる気持ちをぐっと引き締める。実はあれから今朝の自分を顧みて反省していた。どう考えても浮かれすぎだった。頭の中の花が収まりきらずに耳から零れ落ちていたに違いない。オスカーもさぞかし呆れたことだろう。

（いくら嬉しかったとはいえ、反省、反省……）

国王陛下の許可がないうちは、まだ正式な婚約者というわけではない。頭では理解しているのだけれど、未だに綿飴のようなふわふわとした甘い幸福感で胸がいっぱいだ。

教室の窓際に立っていたアルフォンスさまが、私が教室に入った途端に少しだけ目を見開いた。その反応を見て不意に不安に苛まれる。

どうしよう。「今のままの君がいい」とは言ってくれたけれど本来アルフォンスさまは派手な外見が好みではないのだ。いくらなんでも１・５倍縦ロールはやりすぎだったのではないだろうか。

不安のあまり足が止まってしまった私に向かって、アルフォンスさまが蕩けるような笑みを浮かべた。そしてゆっくりと近づいてきて私の頭の周りを包み込むように両腕を回した。そしてやんわりと縦ロールの弾力を確かめ始めた。い、一体何を……。

「はぁ、いいな。……こうしてみるとこの髪型も悪くないね。フワフワしていて、まるでフロールウサギみたいだ」

解説しよう。フロールウサギは前世の世界でいうところのアンゴラウサギのような外見をしていて、この大陸の北に位置するフロールという地方にのみ生息している。愛玩用としても人気が高い、毛足の長いモフモフの超可愛いウサギだ。ちなみに番いにすると増えすぎるので注意が必要だ。

「あ、あの、アルフォンスさま……」

「可愛いなぁ、ルイーゼは。ああ、癒される……」

アルフォンスさまは蕩けた表情を浮かべながら縦ロールの感触をモフモフと楽しんでいる。癒されるのならば思う存分どうぞとばかりに、気が済むまで身を任せることにした。

それにしてもアルフォンスさまの「可愛い」は、もしかして女の子に対する「可愛い」とは違うのではないだろうか。「ウサギちゃん、可愛いねぇ」の「可愛い」なのではないだろうか。そう考えてほんの少し不安になったけれど、『嬉しそうだからまあいいか』と開き直った。

しばらくフワフワの感触を楽しんだあと、アルフォンスさまがようやく満足したように腕を下ろす。そして私の目を見てニッコリと微笑んだ。

「ごめんね、ルイーゼ。あまりに気持ちよさそうだったものだからつい……。でもお陰で最近溜まっていた疲れが取れたような気がするよ。ありがとう」

「どういたしまして。お気に召されたようで何よりです」

アルフォンスさまの満面の笑みを見ているとなんだか幸せな気持ちになる。

「ところで何かご用だったのではないですか?」

「ああ、それなんだけどね……」

アルフォンスさまはふっと笑みを消して目を伏せた。

「陛下に君との婚約を報告したら了承されたよ」

「それは嬉しいです。ありがとうございます」

そう答えつつも思わず首を傾げてしまう。陛下のお許しを貰ったのに、なぜアルフォンスさまは浮かない顔をしているのだろうか。

「だけど正式なお披露目までは口外しないようにと言われたんだ。他の令嬢が持っていた婚約者候補の肩書きは取り下げてもらうことになったけど、何か裏があるようで不安になってね。テオパルトが何か知っているんじゃないかと思って聞いたんだけど、何も知らないと言うんだ」

「まあ……」

それは確かに不安だ。なぜ口外してはいけないのだろうか。婚約の許可が覆るような理由があるのか。アルフォンスさまの心が晴れないのも無理はない。

「まあ、この先何が起こっても、たとえ陛下が反対したとしても、俺は絶対に君と結婚するから。継承権を剥奪されようが実力行使するよ。ルイーゼはもしそうなっても俺についてきてくれる？」

「もちろんですわ。たとえアルフォンスさまが農民になっても流浪の吟遊詩人になっても、私はどこまでも貴方についていきますから」

「ハハッ。農民に吟遊詩人か。それもいいね」

ようやく明るく笑ってくれたアルフォンスさまの顔を見て私も安心して笑った。

それから数日後のこと、放課後に製菓クラブへ向かう途中で、廊下で話す男子生徒たちの会話が耳に入ってきた。

「アルフォンス殿下の婚約者が決まったらしいぞ」

「へぇ。まだ当分先だと思っていたけどな。……っと、そろそろ行かんと間に合わんぞ」

「ああ、そうだな。補習に遅れちまう」

いつもならばさらっと聞き流す程度の噂話にすぎない。けれど『殿下』という言葉が耳に入ってつい聞き耳を立ててしまった。

婚約者が決まった。──しばらくは秘密にすると聞いていたけれど、私との婚約の話が漏れてしまったのだろうか。話の内容が気になる。不可解な内容に首を傾げながらも調理室へと急いだ。

◇待っていて

教室でモフモフされたあのお昼休みからアルフォンスさまには一度も会えていない。教室へ行ってもしばらくお休みしていることしか分からなかった。

そんなある夜のこと、夕食後に話があるといってオスカーが部屋を訪ねてきた。入るなりソファーに腰を下ろしたオスカーが、ふぅっと溜息を吐いて表情を曇らせる。

「姉上、今学園で噂になっている殿下の婚約の話はお聞きになりましたか？」

「ええ、その話なら耳にしたわ。３日前にアルフォンスさまからまだ婚約の話は口外しないように陛下に言われたとお聞きしたのだけれど。オスカーは何か聞いていない？」

「僕も真相が聞きたくて、昨日と今日、王宮で殿下との面会を申し入れたのですが……」

オスカーが眉根を寄せて頭を抱えながら再度溜息を吐く。その表情を見て望んだ結果が得られなかったのだろうと察した。

「会えなかったの？」

「ええ、取り次いですらもらえなかったのです。こんなこと、ご病気のとき以外は今までに一度もなかったのですが……。一昨日学園に父上が来たでしょう？」

「ええ」

「私は一昨日の夜、父上に話の内容を聞こうとしたのですが、『絶対に話せない』の一点張りで取り付く島もないのです。ですが父上の表情を見た感じ、あまりいい話には思えなくて……」

噂の婚約の相手は自分のことだと思っていた。けれどオスカーの話を聞いていると、もしかしたら違うのかもしれないと感じ始めた。

けれどもし違う相手との婚約の話が出ていたのなら、アルフォンスさまが何も言ってこないはずがない。あのとき交わしてくれた固い約束を信じている。

「僕は殿下が自分の意志で自由に動くことができないのではないかと考えています」

「……そうかもしれない。もし婚約の噂の相手が私でなければ、アルフォンスさまが教えてくれないはずがないと思うもの」

「そうでしょうね。でもこれ以上はどうにもできない。父上が頑なに口を閉ざしているということは王命である可能性が高い。それを無理に知ろうとするのは反逆行為になる可能性があります。今は殿下の連絡を待つしかないでしょう」

「そうね……。アルフォンスさまはご病気や怪我をされてるわけではないのよね？」

「もしそうなら父上が隠さずにそう言うと思いますので、多分ご無事だと思いますが……」

「そう。じゃあとりあえず安心だわ。オスカー、アルフォンスさまの状況を教えてくれてありがとう」

「いえ、僕も心配でしたので」

アルフォンスさまから話を聞いた夜に、国王陛下との間で何らかの話がなされたのではないだろうか。箝口令が敷かれているとしたら、たとえ身内といえども宰相という立場であるお父さまが内容について口外することなどできないだろう。そう推測すると辻褄が合う。

「……ということは、アルフォンスさまが軟禁、それか監禁されている？」

もしそうならアルフォンスさまが自由を奪われている原因の一端は私にもあるのではないだろうか。だからといって、私が動いたところで事態が悪化することはあっても好転することなど1つもないだろう。口惜しいけれどオスカーの言う通り、今はアルフォンスさまからの連絡を待つしかない。


翌日の昼休みにランチへ行こうと教室の席を立ったところで、私に会いに男性が来ているとクラスメイトが知らせてくれた。入口付近を見ると、20代半ばくらいの身なりのいい騎士服を身に着けた男性が立っていた。

どこかで見かけたような気もするけれど、直接話した記憶はない。一体何の用事だろうと不安になりながらも、男性の立っている教室の入口へ向かった。

「私がルイーゼ・クレーマンです。初めてお会いすると思うのですがどちらさまでしょうか」

「私はテレージア王女殿下の護衛騎士をしております、マインハイム王国のノイマイヤー侯爵家のニクラウスと申します。クレーマン侯爵令嬢のことはよく存じ上げております」

ニクラウスと名乗る青年がマインハイム王国式の礼をとったあと、無表情のまま話を始めた。

「実はクレーマン侯爵令嬢が以前より王太子殿下と随分懇意にしていらっしゃると伺っておりまして」

懇意——ニクラウスさまが何を指しているのか。結婚の約束を交わしたことを知られているのだろうか。とりあえず今は当たり障りのない対応をしておいたほうがいいだろう。

「弟の友人として仲良くさせていただいておりますわ。ノイマイヤーさま」

「そうでしょうとも。王太子殿下はテレージア殿下と良好な関係を築いていらっしゃいますから。王太子殿下もテレージア殿下を好ましく思っていらっしゃるようで」

ニクラウスさまの言葉を聞いて冷たい水を頭から浴びせかけられたような気持ちになった。

アルフォンスさまがくれた言葉を信じていないわけではないけれど、たとえ嘘でも愛しい人が別の女性に気があると聞かされて気分がいいわけがない。

ニクラウスさまが告げた内容について考えてみる。アルフォンスさまは王太子という立場だ。アルフォンスさまに好意を持たれている様子のテレージアさまと他国の王族に礼を尽くすアルフォンスさまを第三者が見れば、２人の距離が近いように見えても仕方ないかもしれない。

本当にそう信じているのかは判断がつかないけれど、ニクラウスさまが私を牽制しようとしていることだけは伝わってくる。

「ノイマイヤーさまは何が仰りたいのですか？」

「おやおや、敏い令嬢と思いきやいささか察しがお悪いのではないですか？　変な噂で波風が立つのは殿下がたの将来のためによくありません。率直に申し上げますが、クレーマン嬢には王太子殿下の汚点になるような行動を控えていただきたいのです」

汚点とはまた……。アルフォンスさまとの関わりを貶められたような気持ちになって目の前の騎士に言い知れない不快感を感じた。

放課後で人は少ないけれど、全くひと気がないわけではない。ただ会話が聞こえるような範囲には誰もいないのが幸いだった。背筋を伸ばしてニクラウスに向かって毅然と告げる。

「私は光栄にも宰相職を賜る侯爵家の娘でございます。恥ずべき行動は一切致しておりません。ところで貴方の仰ったことはテレージアさまのお言葉と捉えてよろしいのでしょうか？」

「いえ、まさか！　お優しいテレージア殿下は決してそのようなことは仰いません。殿下を守る……ひいては殿下の幸せを守るのが己の使命だと心に刻んでおりますゆえ。そのための障害を護衛騎士たる私が率先して排除することになんの問題がありましょうか」

「いやいや、おおありでしょう」という言葉が喉まで出かかった。ニクラウスさまの言葉から察するにテレージアさまはニクラウスさまのとった行動を知らない可能性が高い。

マインハイム王国では、一介の護衛騎士がそこまで気を回して行動するものなのだろうか。

確かに場合によってはそうしなければならない場面もあるかもしれない。けれどニクラウスさまの今回の行動はどう考えても……。

「……貴方の行動は少々先走り過ぎなのでは？　テレージアさまは貴方が私に会いに来たことをご存じなのですが？」

「いえ、殿下は何もご存じありません。ですが、主の望む未来を叶えることが私の使命だと思っておりますので」

この騎士は本当に大丈夫なのだろうか。使命だと言ってはいるけれど、テレージアさまに対して忠誠心以上の感情を持っているような気がしてならない。

主人の意思に関係なくなされた今回の行動はさすがに暴走と言わざるを得ないのでは？　もしも意に沿わぬ行動であれば厳罰に処せられてしまうのではないだろうか。

「申し訳ありませんが、ノイマイヤーさまのお言葉に従わなければならない筋合いはございません。私は貴族としての立場を弁えたうえで信念に基づいて行動しているつもりですし、これからもそうするつもりです。……このお話は私の胸に留めておきます。テレージアさまに今回のことをご報告するつもりはありません。ですからノイマイヤーさまはご自身の考えのみで行動されることを、今後はお控えになったほうがよろしいかと存じます」

私の言葉を聞いたニクラウスさまが「はぁ」と溜息を吐いて残念そうに首を左右に振った。

これ以上具体的に何らかの行動を起こすようなら、先ほどの言動をテレージアさまの耳に入れることも考えなければならない。

テレージアさま自身がニクラウスさまの行動を可とするなら、私にはどうにもできないけれど。

「……そうですか。ご理解くださると思っておりましたが残念です。どうかくれぐれも王太子殿下とテレージア殿下の将来を考えたうえでの慎重な行動をお願いします」

「……私は一貴族として恥ずかしくない行動を心がけておりますのでご心配なく」

「お時間をいただきありがとうございました。これにて失礼します」

「ご機嫌よう、ノイマイヤーさま」

『王太子殿下とテレージア殿下の将来』——ニクラウスさまの言葉が胸に突き刺さる。２人の名前を並べただけでこれほどまでに胸が痛くなるなんて。

ニクラウスさまの背中を見送りながらテレージアさまの顔を思い出す。そういえば昨日から学園に来ていない。アルフォンスさまのことと何か関係があるのだろうかと考えて胸のモヤモヤが大きくなった。

放課後の製菓クラブの活動中もどこかぼんやりとしてしまった。カミラがそんな私に気付いて心配してくれた。そんなカミラにも事情を打ち明けられないまま帰宅の途につく。

馬車の中でもアルフォンスさまのことが頭から離れない。いくら考えてもどうしようもないというのに。

「はぁ……。重症ね。思いが通じ合っただけでも幸せだと思っていたけれど」

屋敷に到着して部屋に籠っているとノックの音が響く。訪ねてきたのはオスカーだった。今しがた王宮から帰ってきたばかりらしい。

「姉上、これはアルフォンス殿下の護衛騎士より預かった手紙です。私宛てになっていますが、読んでみてもどうにも意味不明な文章で僕には意味がよく分かりませんでした。もしかすると殿下は検閲されるのを見越して僕宛てにしたのではないかと思いまして。これを読んでみてくださいませんか？」

オスカーが封筒に入った手紙らしきものを懐から取り出した。簡素な白い封筒だ。封はされていない。

「分かったわ。読んでみるわね」

封筒を受け取って中を見てみると４つ折りにされた２枚の便箋が入っていた。取り出した便箋を開いて内容を読んでみる。

『親愛なる我が友人　オスカー
君の友人の飼っているフロールウサギの番《つがい》の手配を頼まれていた件だけれど、現在私は自由に動くことができないので届けることができない。

約束のウサギのことは何も心配はいらない。

すでに売約済みにしてあるから他のウサギと番わせたりはしない。

だから絶対に別のウサギを宛てがわないでくれ。

約束のウサギは何があっても必ず届ける。

絶対にだ。

君の親友　アルフォンス』

フロールウサギ──先日アルフォンスさまに、縦ロールをモフモフされたことを思い出して目頭が熱くなる。

「オスカー、この『友人の飼っているフロールウサギ』って多分私のことだわ」

「あー……。なるほど、そう考えると文章の意味が読めてきますね。となると『約束のウサギ』というのは……」

「アルフォンスさまはお元気なのね。よかった……」

最悪牢にでも入れられているのではないかと懸念していたけれど無事だった。ただただその事実に安心して、アルフォンスさまの手紙を胸の真ん中に抱いたままギュッと瞼を閉じた。

この『友人のフロールウサギ』が私のことだとしたら、「今は自由に動くことはできないけれど必ず会いに行くから待っていてほしい」というメッセージだろう。他のウサギというのがよく分からないけれど。そもそも他のウサギなんていないし。

「そうなるとやはり殿下は軟禁状態にあると考えていいでしょうね。それが分かったところでどうしようもありませんが」

「ええ、そうね。……ねえオスカー、ちょっと聞きたいことがあるのだけれど」

「何でしょうか?」

「テレージアさまが昨日から学園にいらっしゃってないの。王宮でお見かけしなかった?」

「いえ、一度も。なぜ王宮にいると……?」

不思議そうに首を傾げるオスカーに、今日のお昼休みにニクラウスさまが訪ねてきたことを話すべきかどうか悩む。

もし国王陛下が私を警戒しているなら、自ら王宮に出向くのは避けたほうがいい。状況を把握するためには王宮に出入りすることの多いオスカーの協力が不可欠だ。となればこちらの状況もなるべく詳しく伝えておいたほうがいいかもしれない。

意を決して昼休みの出来事をオスカーに打ち明けた。ただしテレージアさまには言わないようにと釘を刺した。

私の話を聞いたオスカーが何かを考え込むように顎に指を添えた。

「なるほど……。アルフォンス殿下とテレージア殿下の将来を匂わせるようなことを言われたと……。それでテレージア殿下が軟禁の件に関係していると思ったんですね」

「ええ。だけど結局分からないままね。今度ニクラウスさまが来たら尋ねてみようかしら」

「はあ。お願いだから危ないことはやめてくださいね。姉上の話を聞いた印象では、あまり関わらないほうがいい類の人物だと思います」

「関わらないほうがいい類って……」

オスカーも結構失礼なことを言う。確かに同感だけれど。

「ノイマイヤー殿のことは何度かお見かけしたことがありますが、まるで騎士の見本のような礼儀正しい方だったと記憶しています。まさかそんなに思い込みの激しい暴走気味の方だとは思いませんでした」

「ええ、お会いしたときすぐには思い出せなかったけれど、よくよく記憶を辿れば何度かテレージアさまと一緒にいらっしゃるのをお見かけしたことがあったのよね。それにしてもアルフォンスさまとの関係を『汚点』と言われてカチンときたわ。なぜ私たちのことをご存じだったのかが分からないけれど。もしかして陛下からお聞きになったのかしら」

「ふむ……。確かにその可能性もあります。ですがそれよりもアルフォンス殿下の姉上を見る目がその……なんというか特別甘いので、多少勘の働く者なら勘付いたかもしれません。ノイマイヤー殿も雰囲気から何かしら察したのかもしれませんね」

「甘っ……そんなの気付かなかったわ」

そんなに甘かっただろうか。全く気付かなかった。

「あんな蕩けた表情、姉上といるときだけしか見られません。普段の殿下は笑顔を浮かべながらもあくまで対外的なもので本心は隠していますから。まあ、陛下にしても箝口令を敷いている以上一介の騎士に迂闊なことを仰るとは考えにくい。父上はまず間違いなくご存じでしょうけど」

「そうよね……。結局なんだかんだ言っても動けないことには変わりないのよね。いっそお城に忍び込もうかしら……」

「姉上、だからそういうところ……」

オスカーがじとっとこちらを見る。ちょっとした冗談だったのだけれど。

「嘘よ、嘘。やあねぇ、オスカーったら。いくら私でもそんな無鉄砲するわけないじゃない」

「……本当にしそうだから心配なんですよ、まったく。頼むから大人しくしていてくださいよ」

「はぁーい……」

どうにもいまいち信用されていないようだ。さすがに警備の堅い王宮に忍び込もうなんて思わない。どこかのスパイ映画じゃあるまいし。

アルフォンスさまの手紙からは私への気持ちが伝わってきた。宝物にしようと密かに決意したのはオスカーには内緒だ。

◇お茶会

翌日学園でテレージアさまと会うことができた。元々明るい少女だったけれど、今日は随分と機嫌がいいようだ。

「おはよう、ルイーゼ」

「おはようございます、テレージアさま。2日間お休みされていたようですがお加減が悪かったのですか?」

「ううん、そうじゃないのよ。……あまり人に言っちゃいけないのだけれど、貴女なら誰にも言わないわよね?」

正直なところオスカーだけには言うかもしれないけれどとりあえず頷いておく。けれど今はアルフォンスさまに関してどんな些細な情報でも欲しいのだ。テレージアさまが何かしら関係している可能性が高いのだから。

「ええ、もちろんですわ、テレージアさま」

「じゃあ、ちょっとだけ……。私と兄が王宮に滞在しているのは知ってるでしょう?」

「ええ、存じ上げております」

「一昨日王妃さまが、王太子殿下をはじめ他の王族との親睦を深めるためにとお茶会を開いてくださったの。私も兄もそのお茶会に参加させていただいたのよ」

頬を染めながら幸せそうに話すテレージアさまがまるで恋する乙女のようで眩しい。晴れやかなテレージアさまに反比例するように私の心は暗く沈んでいく。

王妃さまはアルフォンスさまと私のことを知らないのだろうか。もし知っているとしたら私たちの婚姻に反対なのかもしれない。そんな想像が頭を駆け巡った。

けれどテレージアさまの様子を見る限り、昨日のニクラウスさまの行動を把握しているとは思えない。確定ではないけれどほんの少しだけ安堵する。

「それはようございましたね。それで皆さまとは仲良くなれたのですか?」

素直に喜んでいるテレージアさまに探りを入れているようでなんだか後ろめたい。

「ええ、とても! 特に、その……アルフォンスさまとは学園で必要なこと以外言葉を交わすことがなかったから……。昨日のお茶会ではだいぶお話ができたと思うわ」

アルフォンスさまがお茶会に参加していたのか。半ば軟禁状態のまま参加させるということは、国王陛下がアルフォンスさまとテレージアさまを婚約させようとしているのかもしれない。

「そうですか。テレージアさまは、その、アルフォンス殿下のことを……?」

「……もう、ルイーゼったら恥ずかしいじゃない。……素敵な人だと思っているわよ。誰にでも優しいし笑顔が素敵だし、いい国王になられると思うわ。その……男性としては」

「男性としては……?」

質問してすぐに後悔した。聞いたところでどうしようもないというのに。

真っ赤な顔でテレージアさまが告げるのを呆然としながら聞いた。きっと上手に笑うことなどできなくなっているだろう。

「好きかもしれない」

わざわざ聞かなくてもテレージアさまの表情を見ていれば分かる。恋する乙女は恋する乙女の気持ちが分かるのだ。だからといってアルフォンスさまのことを諦めるつもりはないけれど。

(私だってアルフォンスさまのこと好きなんだけどな……。だけど、テレージアさまの気持ちを聞いてしまった以上そんなこと言えない)

本当に聞かなければよかった。後悔の念が波のように押し寄せてくる。婚約者候補だったとはいえ一介の侯爵令嬢が王女さまと並んだところで、どちらが王妃に相応しいかと言われれば答えは決まっている。

授業開始の鐘が響いて、教師が教室へ入ってきた。これ以上テレージアさまの話を聞くのはつらかったのでちょうどよかった。

放課後はクラブでアップルパイを作った。活動が始まるまではずっと胸がモヤモヤしていたけれど、お菓子を作るときだけは嫌なことを忘れられる。

一時的に気分が晴れても終わってしまえばまたテレージアさまとアルフォンスさまのことを考えてしまう。

「いくらくよくよしたって仕方がないじゃない！　結局は私にできることを精一杯頑張るしかないのよね！」

今日クラブの皆で作ったアップルパイは最高の仕上がりだった。バターの芳醇な香りとサクサクとした食感に胸が高鳴る。パイを口にする皆の美味しそうな笑顔を見て少しだけ元気が出た。

会えるかどうかも分からないのに、なんとなくアルフォンスさまとオスカーの分を包んで持って帰ることにした。

オスカーは用事があるらしく今日は迎えに来ない。調理室をあとにして1人で学園の出入り口に向かっていたところで突然後ろから腕を引っ張られて階段の陰に連れ込まれた。あっという間の出来事で混乱して恐怖に身が竦む。モニカさんの計略で誘拐されたときのことを思い出してしまったのだ。

恐る恐る後ろを振り返って腕を引っ張った相手を確認してみる。すると私の目の前に立っていたのは会いたくて夢にまで見た人だった。

「アルフォンスさま……」

愛しげに私を見つめる表情が切なげで胸が締め付けられる。アルフォンスさまが私の両肩に手を置いた。肩に触れる手がとても温かい。

「びっくりさせてごめんね。心配させてしまった？　寂しかったよね」

苦しげに絞り出すような声で紡がれた言葉を聞いて、喉の奥が引きつる。油断すると涙が零れてしまいそうだ。

（あ、泣きそう……）

ようやく会えて嬉しいはずなのに。涙など見せたくはない。けれど懸命に堪えようとすればするほど、余計に喉の奥が苦しくなる。

ずっと会いたかった人が目の前にいる。なぜ階段の下なのかとか、なぜ最近会えなかったのかとか、そんなことがどうでもよくなってしまう。いろいろ疑問はあるけれど、今はただ会えたことが嬉しい。

「ご無事でよかった……。その、とても、寂しかったです……」

「ルイーゼ……。俺も会いたかった」

途切れ途切れに紡がれた言葉は、ただひたすらに切実で真っ直ぐで……。それが切なくて嬉しくて……。自分が泣いているのか笑っているのかすらも分からなくなった。

すると突然体を引き寄せられた。肩に置かれていた手が背中に回され、そのまま力強く抱き締められる。あまりにも近い距離に頭から湯気が出そうになる。私を包むアルフォンスさまの体が熱い。そして触れた部分から熱と一緒に切ない思いが伝わってくる。

(恥ずかしすぎる……！　でも……)

今はすぐに触れられる距離にアルフォンスさまがいる。嬉しい……。だってずっと会いたかったのだ。

アルフォンスさまが私の肩に手を置いて、熱の籠った眼差しを向けてくる。綺麗なアメジストの瞳に私が映っている。

そのままゆっくり顔が近づいてきたので恥ずかしくてキュッと目を瞑ると、唇に温かくて柔らかいものが触れた。

とても長く感じた。数秒だったのか数分だったのか分からない。しばらく触れていた温かい感触がゆっくりと離れていく。静かに瞼を開けると目の前には未だ私に向けられている熱い眼差しがあった。

「ごめん、こんなつもりじゃなかったのに……。しかもこんな場所で……。会えたのが嬉しくて、ちょっと抑えきれなかった」

私の額に自分の額をコツンと合わせた。これほど近くでアルフォンスさまの顔を見たことがあっただろうか。段々と頬が熱くなっていくのが分かる。耳まで熱い。

「いえ、嬉しいです……」

「またそんなことを言って……。可愛いな、ルイーゼは。本当勘弁して……」

一瞬だけ苦悶の表情を浮かべて再び優しく微笑む。アルフォンスさまの言葉が嬉しかった。ポッカリと胸に空いていた穴が嬉しい気持ちで満たされていく一方で、初めての口づけに心臓がバクバクと音を立てている。

前世から通して、初めての口づけ……。合計46年——ほぼ半世紀にわたる記憶の中で初めての経験だ。でも今は初めてでよかったと心から思う。幸せな気持ちが胸に溢れてくる。

(初めての口づけがアルフォンスさまでよかった……)

そんな感慨に耽りながらじっとアルフォンスさまの瞳を見つめていると、ゆっくりと額を離したアルフォンスさまの表情から徐々に笑みが消えていく。そしてなぜだかつらそうな表情を浮かべた。

「ルイーゼ、聞いて」

私の両肩に手を置いたまま真剣な表情で告げるアルフォンスさまに向かってコクリと頷いた。

「陛下にテレージア殿下との婚約を打診された」

「っ……！」

予想はしていた。けれど実際に聞かされるのは堪える。やはり国王陛下は婚約を許してくれなかったのだ。今このときまで幸せで膨らんでいた気持ちが一気に萎んでいく。

「だがもちろん拒否した。このまま強引に話を進めるならば王位継承権を放棄すると陛下に宣言した」

「アルフォンスさま、それは……」

王太子という立場にあるアルフォンスさまにそのようなことが許されるはずがない。けれど以前の約束通り、王族を抜けることになっても結婚するという言葉を実現しようとしてくれているのだろう。

何があっても共に生きる――シンプルなことだけれど、王太子という立場でそれを実現するのはかなり難しいことだと分かっていた。

「ルイーゼのためなら全てを捨てる覚悟はある。だが俺が彼女との婚約を拒否したのには他にも理由があるんだ」

「理由？」

アルフォンスさまは大きく頷いた。理由とは一体何だろうと思わず首を傾げる。

「……君には全て知っておいてもらいたい。少し話が長くなるが、いいか？」

「ええ、聞かせてください」

何が告げられようとアルフォンスさまを思う気持ちが揺らぐことはないと、全てを受け止める覚悟を決めた。

◇再会

じっと瞳を見据える私に応えるようにアルフォンスさまが頷いた。

「このルーデンドルフ王国の財政は特に厳しいわけではないし、内乱も他国との諍いもなく安定したものだ」

「ええ、そう認識しております」

「先日ジークベルトと腹を割って話す機会があってね。そのときにいろんな情報を得ることができたよ。昨今のマインハイム王国の経済面での成長は凄まじいものがある。それは君も知っての通り、恐らく転生者の……ジークベルトの知識によるところが大きいのだと思う」

「ジークベルトさまの……」

「ああ」

転生者——ジークベルトさまの理工学系の知識は、予想していたよりも遥かに国に対する影響力を持っていたようだ。

「長期間をかけて緩やかに国が成長するならば問題ないのだが、経済面のみの急激な発展は国政に軋みをもたらす。急成長した産業の受け皿が不十分なのだ」

軋み——国の成長痛みたいなものだろうか。

「一番大きいのが貧富の差が大きくなることだろう。教育の不十分な労働者であるがゆえに労働効率が低い。だから利益を上げるために長時間酷使される。安い賃金で」

それは所謂ブラック企業というやつだ。前世に勤めていた会社はブラック企業ではなかったけれど、中小企業に就職した友人が休みがないとぼやいていたのを覚えている。

「病院も学校も増やしているらしいが、今のところ全く足りていない。教育や医療に従事する人員が圧倒的に足りていないらしいんだ。それなのに利益を生み出す産業だけは活性化して、使役する者とされる者の格差が激しくなる。その結果、国に守られなかった貧しい者が背に腹はかえられず罪を犯すことも少なくない。だから当然治安も悪くなる」

まるで第2次世界大戦後の高度経済成長期を迎えた日本のようだ。利益最優先の社会体制。それに伴って末端労働者が酷使され貧富の格差が激しくなる。

その現象はマインハイム王国に限ったことではない。いろんな問題が表面化して初めて、それに対する政策が追いついてくる感じだ。

「ごめん、ややこしいことを言って。他にもいろいろ問題はあるのだけれど、結論から言うと、マインハイム王国は人の力が欲しい。この国と交流することで教育や医療に従事する人員を補充したいと考えているようだ」

このルーデンドルフ王国は医療や教育の機関が充実しているので、その方面の人員も豊かだ。でもこの国で働く医療や教育の従事者が減ってしまったらどうなるのだろう。

「なるほど……。それで我が国のメリットは？」

「彼の国の転生者の知識や利益を生み出す産業の受け入れだろうね」

こちらはお金、向こうは人が欲しいということだろうか。でも治安が悪いというのは……。あまりに先の見通しが立たない。折角安定しているこの国が大きく揺らぐことになりかねないのではないだろうか。

「それってかなり危ういのでは？」

「俺もそう思う。保守的と思われるかもしれないが、折角安定しているこの国に不安定な要素をもたらすのは賛成できない。爆弾を抱え込むようなものだからね。だからマインハイムと繋がって協力体制を作るのは危険な賭けだと思う」

「確かに……」

「対外的にはこの国の……ルーデンドルフの経済の発展が目的だ。でも陛下の真意はそこじゃないと思う」

「……というのは？」

「このままマインハイムだけが急激に成長すれば国力に大きな差が出る。今は婚姻による対等な協力関係で済むかもしれないけど、このままだとマインハイムに武力で支配される未来が来るかもしれない。国力のバランスが崩れることを陛下は恐れているのだろう」

「……戦争になるかもしれないと？」

アルフォンスさまが大きく頷いた。

「何もかも捨ててルイーゼと逃げてしまえたら楽なのかもしれない。でもこの国が暗い未来に向かうかもしれないと分かっていて、そのままにしていくことはできない。だから全てを捨てるのは問題を片付けたあとでもいい？」

「アルフォンスさま……」

責任感が強く弱者を守ろうとするアルフォンスさまも好きだ。自分のことだけを考えているわけじゃない。ちゃんとこの国の未来を考えている。とても尊敬できる世界で一番素敵な人だ。

「具体的にどうされるおつもりなのです？」

「まずはジークベルトと話そうと思う。婚姻で繋がりを作ろうとする前に、マインハイム国内でできることがあるはずなんだ。問題を解決しない限り、彼の国の方針も変わらないだろう」

次世代の指導者2人が対策を打ち出して両国王に働きかける。――確かにアルフォンスさまだけで動こうとするよりも上手くいくかもしれない。

「とりあえずジークベルトを捕まえなければな。見識を広めるといってこの国の商業施設をあちこち見て回っているらしい。全く好奇心旺盛だね、転生者というものは。いや、ジークベルトの元々の性格なのかもしれないな。それはそれとして……」

アルフォンスさまの再びアメジストの瞳が熱を帯びる。

「本当は毎日でも君の顔が見たいよ。会えない間どうにかなりそうだった。抜け出そうとも思ったが、君に対して陛下が手を回すのを恐れて動けなかった。明日も会いたい……と言いたいところなんだけど、実はしばらくは大っぴらに会えないんだ。今日も護衛を撒くのに一苦労だった」

「……お忍びですか？」

「いや、学園に通うのは許してもらえた。僥倖だったよ。ジークベルトと密談するには学園の方が都合がいいからね。君と2人きりで会わないことと四六時中護衛を付けることを条件として許可が下りたんだ」

護衛とは……。なぜ階段下なのかと思っていたけれど、そういうことだったのか。それにしても、会うことすら許してもらえないなんて……。

「そうだったのですか……。それで今は大丈夫なのですか？」

「ああ、護衛には適当に誤魔化すさ。ジークベルトと話してマインハイムで方針転換を働きかけてもらう。そうすれば婚約の話もマインハイムのほうから撤回してもらえるかもしれない。ジークベルトとの話し合いを試みながら並行して陛下に協力体制の危険性を訴え続けるつもりだ。それでも駄目なら……」

「駄目なら……？」

「……いや、駄目になんかしない。君のことは絶対に幸せにする。だけど国民のことも絶対に見捨てたりはしない」

「アルフォンスさま……」

アルフォンスさまには敵わない。心から尊敬できる最高の恋人だ。

「進展があったらオスカーを通じて君に報せるよ」

「承知しました」

「それまでは学園でも君と2人きりでは話せない。それにもしかしたらテレージア殿下とのことであらぬ噂が立つかもしれない。だけど何を聞いたとしても、俺が君を誰よりも大切に思っていることを忘れないでほしい」

「肝に銘じます。……私はどんなことがあってもアルフォンスさまについていきます」

「ルイーゼ……。ありがとう、嬉しいよ」

「私もです。……あっ」

忘れていた。完全に忘れていた。渡す機会があったら渡そうと思って、今日出来上がったばかりのアップルパイを持っていたのだった。

「アルフォンスさまっ、これを……」

「……これは?」

「今日クラブで作ったアップルパイです。もしよかったらお召し上がりください……」

アップルパイの入った袋を差し出すと、アルフォンスさまが驚いたように目を見開いた。

「え、……いいの?」

「はい。あの、ご心配でしたらどなたかに毒味をお願いしてからでも……」

「まさか! 誰にも食べさせるわけないだろう。ああ、本当に嬉しい。手作りを直接君に手渡してもらったのは初めてだから。ありがとう。甘いものはもともと好きだけどルイーゼの手作りは全部独り占めしたいくらいだ。ここで食べていい？　リンゴの甘い香りが堪らない」

「え、ええ」

アルフォンスさまは袋をがさがさと開けて豪快にアップルパイに齧り付いた。立ったままお菓子を口にする王子さまの姿なんて滅多に見られるものではない。アルフォンスさまのレアな立ち食い姿に向かって密かに心のシャッターを押す。

「うまっ。甘酸っぱくて美味しいよ。リンゴの周りの部分もサクサクしてバターの香りが豊かで……ルイーゼは本当に凄いなぁ」

「そんな……全部前世の知識があるからで私の力では……」

「レシピさえ知ってたら皆が皆美味しく作れるわけじゃないだろう？」

「それは、そうかもしれませんけど……」

「うん。美味しく作れるのは君の力だ。それに何より君のお菓子には、食べた人に喜んでもらいたいという優しい気持ちが籠っていると思う」

熱心に褒められたのがとても照れくさい。そんなふうに思ってもらえていたことが嬉しい。

あっという間に食べ終わったアルフォンスさまの唇の横にパイの欠片が付いていることに気付いて口元に手を伸ばす。

「あら、パイが……」

「あ、ありがとう」

口元の欠片を摘んだときにアルフォンスさまが頬を赤く染める様子を見て、はっと気付いた。

(私、今、すごく恥ずかしいことをしてしまった?)

自覚した途端頬は熱くなる一方で、居た堪れなくて目を逸らした。アルフォンスさまがそんな私の頬に手を伸ばす。

「ルイーゼ、待ってて……」

「はい……」

これでまた話せなくなってしまう。けれど姿まで見られなくなるわけじゃない。学園でなら遠くからでも姿が見られるのだ。いくら切なくとも今はじっと機会を待つしかない。

不意打ちのように顔が近づいて唇が一瞬だけ重なった。突然だったので目は開けたままだった。2度目の優しい口づけで恥ずかしさに見悶えるよりも先に、アルフォンスさまが照れたように笑った。

「また連絡するよ」

「はい、お待ちしております」

切なげな眼差しを向けられると私まで切なくなってくる。今度会えるのはいつになるだろう。

今は信じて待つしかない。アルフォンスさまならきっと近いうちにジークベルトさまと手を結ぶことができるはず。

そんなことを考えながら去っていくアルフォンスさまの背中を見送った。そして階段下でしばらく1人蹲る。

「はぁ、寂しい……。でも、アルフォンスさまもこの国の未来のために頑張るんだから、私も応援しないとね」

火照った頬を落ち着かせてから、ようやく帰宅すべく立ち上がった。

◇ルイーゼとテレージア

最後にアルフォンスさまに会って数日経ったころのこと。ここのところずっと毎日学園に来ていたテレージアさまが今日に限って教室に来ていない。

「またお茶会に招待されていらっしゃるのかしら。けれど先生も何もお聞きしていらっしゃらなかったみたいだし具合が悪いとか……」

担任の教師に尋ねてみたけれど、どうやら無断欠席のようだった。お茶会にしても体調不良にしても何らかの連絡が入るはずで、教師が何も把握していないはずはないのに、一体テレージアさまはどうしたのだろう。

昼休みの鐘がなったところで、教室の入口に呼び出された。会いに来たのはテレージアさまの護衛騎士であるニクラウスさまだ。

多少うんざりしたものの、ニクラウスさまの表情が緊張したように強張っているのを見て違和感を感じた。まさかテレージアさまに何かあったのだろうか。

「クレーマン嬢、お時間をいただき申し訳ありません」

声を落として話し始めたニクラウスさまの様子を見て、多少警戒しながらも何か異常事態が起こったのではないかと不安になった。テレージアさまのことを手助けしてほしいとアルフォンスさまに言われていたのを思い出す。

ニクラウスさまと廊下の端へ移動した。全くひとけがないわけではない。

「どうかなさいましたか？　ノイマイヤーさま」

「先日は大変失礼をして申し訳ありませんでした。実はテレージア殿下がクレーマン嬢に内密に話したいことがあると仰っています」

「私に、ですか？」

アルフォンスさまの顔がさっと頭によぎる。もしかしたら何か苦言を呈されるのかもしれない。

「王太子殿下のことで随分悩んでいらっしゃる様子で何もお召し上がりにならないし、私もどうしたものかと思いまして……」

「まあ……！」

私のせいだろうか。テレージアさまに気持ちを打ち明けられたときに、私の気持ちも打ち明けるべきだったのかもしれない。

「ことがことだけに公にするわけにも参りません。どうかテレージア殿下の所までご足労いただけないでしょうか」

「承知しました。テレージアさまはどちらにいらっしゃるのでしょうか」

「学園の裏庭です。こちらへ」

テレージアさまの様子がどうしても気にかかって、ニクラウスさまのあとについていくことにした。

好きな人を思う苦しみは痛いほどに分かる。昨日の放課後別れたときはいつも通り元気だったのに、昨夜誰からかアルフォンスさまと私のことを聞いたのかもしれない。

ニクラウスさまに連れられて裏庭に入ったところで辺りを見渡すけれど誰もいない。不思議に思って首を傾げる。

「テレージアさまはどちらにいらっしゃるのですか？」

不安になってニクラウスさまに尋ねてみた。すると……。

「クレーマン嬢。すまない……」

――ガツン！

何か固いもので首の後ろを殴られたのか。激痛とともに意識が次第に遠のいていった。

◇不審な行動

最近ニクラウスの様子がおかしい。ニクラウスがルイーゼさんに向ける視線になんだか険を感じるのだ。理由は分からないけれどルイーゼさんに対して悪意を抱いているのではないだろうか。

護衛騎士たちは授業が終わるまで教室の外で待つことになっている。それなのにニクラウスは授業中によく席を外しているようだ。外で待機しているもう1人の護衛騎士であるギュンターに尋ねてみてもどこへ行っているのかが分からないという。

一体ニクラウスはどこへ行っているのだろうか。主として護衛騎士の行動を把握できていないのは問題だと考えて、思い切って本人に尋ねてみることにした。

「ご心配をおかけして申し訳ございません。この国へ来てからなかなか体を動かすことが叶わないので、時間を見つけて剣の稽古をしているのです」

「そうなの。どこでしているの？」

「場所はいろいろですが、人目につかない裏庭が多いでしょうか」

「そう……」

何の躊躇いもなく答えるニクラウスの言葉に不審な点は感じられないものの、たびたび護衛が席を外すのはいかがなものか。それにニクラウスのルイーゼさんに向ける視線の理由も気になる。

「貴方、ルイーゼさんのことをどう思っているの？」

「……大変慎ましやかなご令嬢だと存じあげます」

そんな建前の言葉を聞きたいわけじゃない。決して短くはないつきあいだから分かる。ニクラウスが何らかの負の感情をルイーゼさんに抱いていることは明白だ。

「ルイーゼさんのことが嫌いなの？」

「……いえ、ただ」

「ただ？」

「少々王太子殿下と距離が近いのではないかと」

「そうかしら」

「はい」

答えを聞いたところでどうにもすっきりしない。確かにルイーゼさんとアルフォンス殿下は仲がいいと思うけれど、ルイーゼさんの気持ちがどうあれ私たちがとやかく言う筋合いなどないと思う。

その夜護衛騎士たちの部屋を訪れてみると、ニクラウスの姿が見当たらなかった。街の酒場にでも行っているのだろうか。

ギュンターに尋ねてみたら気付いたときにはいなかったという。さらに問い詰めようとすると「王宮内とはいえ、夜に1人で出歩くなどとんでもありません」と逆に叱られてしまった。

ギュンターに寝室まで送られる途中、王宮の中庭を木の陰に隠れるように移動しているニクラウスに似た人物の姿を見つけた。

（……ニクラウス？）

人目を忍ぶように移動している様子がどう考えても怪しすぎる。一度私室に入る振りをしたあと、ギュンターが立ち去ったあと部屋から出てニクラウスを追った。

今は20時くらいだろうか。今から町の酒場にでも飲みに行くのかもしれない。ニクラウスの背中をようやく見つけたので、気付かれないようにあとをつける。

随分歩いて、とうとう王宮の通用門近くの庭の外れにまで来てしまった。街へ行くために出入りする門とは違う。一体こんな所に何の用事があるのだろうか。

建物の角を曲がり姿が見えなくなったので、曲がり角に近づいて先の様子を窺う。するとそこにはニクラウスが知らない男数人と一緒に立っていた。耳を澄ませると知らない男の話し声が聞こえてくる。

「……それで分かったのか」

「教える前に約束しろ」

男の声のあとにニクラウスの険のある声が聞こえた。不穏なやり取りに不安が募る。

「なんだ」

「テレージア殿下には絶対に手を出さないと」

――なぜ私の名前が？　何を約束させているの？

「ああ、お前が約束を破らない限りは何もしないさ。さっさと教えろ」

「冷蔵庫の魔道具の発案者はルイーゼ・クレーマン侯爵令嬢だ」

――っ！

「ほぉ。根拠は」

「開発者の男と話し合っているのを盗み聞きした」

「ふむ、なるほどな。しかし侯爵家か、厄介だな……。仕方がない。近いうちにクレーマン邸に忍び込む」

――なんですって！　ニクラウス、貴方は一体……！

「殿下には手を出すなよ」

「ああ、だがあんたがこのことを暴露すれば――分かってるな？」

「誰にも言わない。だから約束しろ」

「フン。分かったよ」

なんということだろう。すぐにアルフォンス殿下に報せなくては。このままではルイーゼさんが危ない。

そう考えて慌てて踵を返すと、目の前で見上げるほどの大男が私を見下ろしていた。

「こんな所で盗み聞きかぁ？　行儀作法がなっちゃいねぇんじゃねぇか、お姫さん？」

「っ……！」

驚きで言葉を失った瞬間、鳩尾の辺りに激痛が走る。

「うっ！」

「バカだなぁ、折角騎士さんが守ろうとしてくれてんのになぁ」

嘲笑する男の声が次第に小さくなっていく。

目を覚ますと豪華な部屋の一室に横になっていた。どうやらベッドの上のようだ。窓の外からは光が差し込んでいる。朝なのか昼なのかは分からないけれど、夜が明けていることは確かだ。そして、この部屋の造りには見覚えがある。

——ここは、王宮？

「テレージア殿下っ！」

「……ニクラウス？」

どうやらずっと見守ってくれていたらしいニクラウスの顔を見て、意識を失う前の記憶がゆっくりと蘇ってくる。

あの男たちは何者なのか。ルイーゼさんに何をしようとしているのか。ニクラウスは彼らの仲間なのか。泣きそうな顔で見下ろすニクラウスの目をじっと見る。

「ニクラウス、貴方……」

「テレージア殿下、ご無事でよかった。……最後にお会いできてよかったです」

「え……」

「今から王太子殿下とジークベルト殿下に全てをお話しいたします。テレージア殿下はまだお休みになっていてください。お聞きになりたいことはいろいろとあるでしょうが、事情はあとからジークベルト殿下たちがご説明くださるでしょう」

「貴方、何を……」

「早く動かないとクレーマン嬢が危ないのです」

「待って。私も行くわ」

「駄目です。休んでいてください。……それと、テレージア殿下」

「え?」

「恐れながら……ずっとお慕い申し上げておりました。どうか王太子殿下と末永くお幸せに」

「っ……!」

思わず言葉を失ってしまう。ニクラウスが穏やかに微笑んだ。そのまま踵を返して一度も振り返らずに部屋から出ていってしまった。

やはりニクラウスはあの男たちに関わっていたのか。そしてルイーゼさんは今も危機に瀕しているという。

ああ、なんということだろう。ルイーゼさんが危険に晒されているのはニクラウスの行動をきちんと管理できなかった私の責任だ。

そしてニクラウスがアルフォンス殿下に全てを打ち明けようとしている。もし罪を犯しているとしたら一体どんな処罰が下されるのだろうか。死を受け入れるつもりなのか。先ほど私に向けられた泣きそうな笑顔が胸に蘇る。

ニクラウスを追わなくては。そして私は全てを知る責任がある。――そう思い立って、まだ重い体をなんとかベッドから起こした。

◇残されたもの

ルイーゼがいなくなった。午前の授業を終えたあとから消息が掴めなくなった。自分の手足のように使える配下がいれば常に密かに護衛でもさせたのに、自分の護衛騎士すら意のままとはいかない現状ではどうにもならない。

「くそっ。ルイーゼ、どこにいるんだ……！」

力任せに拳を執務室の壁に叩きつけた。木の壁に貼られた壁紙に血の跡が付く。

「殿下、おやめください！」

護衛騎士が血相を変えて止めようとするが痛みなど知ったことか。こうしている間にもルイーゼがどんな目に遭わされているか分からないというのに。激しい焦燥感に苛まれる。

ルイーゼを教室から呼び出したのはテレージア殿下の護衛騎士を務めるニクラウスであるという証言を得た。以前から不穏な視線をルイーゼに向けていたニクラウスが、ルイーゼの失踪と無関係とは思えない。調査を進めているさなか、午後2時くらいにニクラウスが自ら出頭してきた。

会いに行ってみると驚いたことにニクラウスの腕の中には意識を失ったテレージア殿下がいた。とりあえずテレージア殿下を王宮の一室で休ませ、ニクラウスを問い詰める。

だが事情を聞いても黙して語らず、テレージア殿下が目覚めたら全てを打ち明けるとの一点張りだ。ただ今は何も聞かずに国境の警備を強化するようにとだけ伝えてきた。

闇雲にルイーゼを探すよりは話を聞いてからのほうがいいと判断して、ニクラウスの言葉に従い国境へ伝令を向かわせた。騎士たちには王都内を捜索するよう指示を出す。あとはニクラウスが打ち明けるのを待つしかない。

午後3時、ようやく面会の連絡が入る。ニクラウスを応接室に通して話を聞くことにした。事と次第によっては他国の騎士であれ、容赦はしない。

応接室の扉の前で恐らくニクラウスを追ってきたのであろうテレージア殿下と会った。いつものように愛想笑いを浮かべる気にもならず、不機嫌な感情を露わにしたまま応接室へと通す。テレージア殿下にはニクラウスに関して責任を負ってもらうことになるかもしれない。両者から話を聞いたほうがいいだろう。

テレージア殿下とともに扉から入ると、椅子に座っていたニクラウスが大きく目を瞠った。

主《あるじ》に聞かせたくないとでもいうのだろうか。だがそのような配慮をする筋合いなどない。今は一刻も早く情報を聞き出さなければならないのだ。

「さて、ノイマイヤー殿。君の知っていることの全てを包み隠さず話してもらおうか」

「承知いたしました。全てをお話しします。ですがその前にお人払いをお願いいたします。クレーマン侯爵令嬢のためにもなにとぞ」

ニクラウスはテレージア殿下のほうをちらりとも見ずに告げた。この期に及んで人払いを頼むとすれば、転生者に関する話ではないかと直感する。

この場にいるのは宰相テオパルト、ジークベルト、そしてテレージア殿下と数名の護衛騎士、記録係の文官だ。尋問内容の記録をテオパルトに頼み、護衛騎士と文官を外に出した。人払いを済ませて再びニクラウスを問い詰める。

「私ニクラウス・ノイマイヤーはマインハイム王国のシュレマー公爵の密命を受け、ルイーゼ・クレーマン侯爵令嬢の誘拐に手を貸しました」

ルイーゼの失踪に何らかの形でかかわっていると踏んでいたが、誘拐に手を貸した……？

湧き上がってくる怒りに我を忘れそうになるのをなんとか堪える。

「詳しく話してもらおうか」

「はい……。公爵はこの国で新たな魔道具が開発されたとの情報を得て、この国に転生者がいるのではないかと予想していました。そしてさらには学園に開発者がいることも突き止めていました。テレージア殿下が留学されることを聞いた公爵から護衛騎士である私に声がかかりました。当初私が受けた命令は転生者の正体を探ることのみでした。この国へ来て公爵の手の者と会ったときに、『誰かに漏らせばテレージア殿下の無事は保証できない』と脅されました。やむを得ず調査した結果、転生者がクレーマン嬢であることを突き止め公爵の手のものに報告しました。しかしそのとき、私をつけてきたテレージア殿下が奴らによって拉致されてしまったのです。当初はクレーマン侯爵家に奴らが忍び込んで誘拐する手筈だったようですが、殿下に見つかったことで急いで計画を進めなければ失敗すると危惧したのでしょう。私自らの手でクレーマン嬢を連れて来いと……。テレージア殿下と引き換えだと持ちかけられました。そして私は……」

ニクラウスの口から、ルイーゼを確保して公爵の手のものに引き渡すまでのいきさつが詳しく語られた。ルイーゼの優しさを利用した手口に吐き気がしそうだ。

「シュレマー公爵の目的は一体なんなのだ……？」

「公爵はジークベルト殿下の影響力を恐れています。殿下の持つ知識が勢力図に及ぼす影響を危惧した公爵が、王太子殿下の地位を盤石にしようと対抗策として転生者の確保に乗り出したのです」

その言葉を聞いたジークベルトが驚いたように席を立ちあがる。

「シュレマー公爵と言えば王太子派閥の筆頭……。高潔な兄上がそのような卑劣な犯罪に関わるわけがない。それに私は王太子の地位を脅かすつもりなどないというのに……」

「仰る通り王太子殿下は何もご存じないと思います。全てはシュレマー公爵の独断によるものかと」

「なんということだ……」

ジークベルトが愕然とした面持ちで呟いた。

「お前は王女の護衛騎士という栄誉ある立場にありながら、みすみすそのような卑劣な犯罪に手を貸したというのか！」

怒気を含んだ声で詰め寄るジークベルトにニクラウスが目を伏せる。

「このようなことは言い訳にしかなりませんが……私の家は地位も立場も弱い。強い権力を持つ公爵に逆らえば何をされるか分からなかった。家族を守るためには公爵の命令を受けるしかありませんでした。それに転生者は貴重な存在。公爵によって裕福な暮らしが約束されるであろうことが分かっていました。平民であれば今よりも幸せになれるだろうと考え、そのときはそれほど罪の意識はありませんでした」

それまで淡々と話していたニクラウスが苦々しく表情を歪める。

「ですが、こちらへ来て調査を進めるうちにクレーマン嬢の存在が浮かび上がってきました。この国では魔法省によって魔道具の開発者に関する秘密が厳重に守られています。しかし偶然にも学園内でクレーマン嬢と開発者が魔道具についての話し合いをしているのを耳にしました。その時点でクレーマン嬢が転生者ではないかと確信したのです」

「学園内か……」

学園には基本的に部外者が入り込むことはない。だが学生が王族の場合は学園内であろうが護衛が付く。その護衛騎士という最も信頼すべき立場の人間が密偵となった事実は過去になく、学園では極めて想定外の事態といえる。

けれど防ぎようがなかったかというとそうではない。ルイーゼが転生者であるという秘密をもっと徹底して守ってやるべきだったと、心から己の迂闊さを悔いた。

「転生者は貴族令嬢――しかも宰相殿のご息女。平民もしくは爵位の低い貴族ならば穏便に自国へ連れ帰ることも叶ったのでしょうが、クレーマン侯爵家のご息女ということで奴らは強硬手段に切り替えたのだと思います」

ニクラウスの言っていることに嘘はないだろう。だが誘拐した動機は本当にそれだけだろうか。

「誘拐に関しては大体分かった。君は命令に背けず仕方なくと言ったが、君にはルイーゼに対する悪意を感じていた。何らかの理由で意図的にルイーゼを排除しようとしたのではないのか？

「……確かに私はクレーマン嬢を目障りだと考えていました。彼の令嬢さえいなければ、王太子殿下とテレージア殿下の婚約の障害になるものはないのに、と」

やはりニクラウスはルイーゼに対して悪感情を持っていたのだ。だがその理由までには思い至らなかった。主の幸せを願う執念のようなものがニクラウスには感じられる。

「しかし私が手を回してクレーマン嬢を遠ざけても、テレージア殿下がお喜びにならないことは分かっておりました。ですから婚約に関しては成り行きに任せるしかないと考えておりました」

今回の誘拐と、ニクラウスがルイーゼに対して抱いていた悪感情とは全く無関係なのか。だがルイーゼが誘拐されニクラウスが望んでいた結果となってしまった。動機に関係なくとも腹立たしさが募る。

「私が……ニクラウスを尾行さえしなければ……ルイーゼさんは助かったの……？」

テレージア殿下が声を震わせると、ニクラウスが目を伏せて首を左右に振った。

「テレージア殿下、それは違います。奴らは裏社会の犯罪組織の集団、汚い仕事を請け負うプロです。たとえ標的がどこにいようが金のためなら必ず計画を実行する。たとえ私が手を下さなくともクレーマン嬢は自宅に忍び込んだ奴らに誘拐されたことでしょう」

「そんな……！」

「テレージア殿下、貴女のせいではありません。私が最初から公爵の命令を受けなければよかったのです。貴女が拉致されたときも、私は奴らとの取引に応じました。目的が目的なだけに、クレーマン嬢が命を奪われることはない。むしろ丁重に扱われるだろうと考えた。テレージア殿下の命が脅かされるくらいならと、愚かな私はクレーマン嬢を奴らに引き渡してしまったのです」

「なんという卑劣な！」

憤るあまりに思わず力任せに机を叩く。激しい怒りからか自分でもどこから出てきているか分からないような低い唸り声が漏れる。

「今ごろ奴らはクレーマン嬢をつれて、マインハイム王国へと一直線に向かっているでしょう。大事な人材ですから手荒な真似はしないと思います。本人が自害すれば知識を利用することなどできませんから」

「……すぐに命が脅かされるような危険はないのだな？」

「はい。……ただ、大人しく従わなければ身の安全の保証は致しかねますが」

ニクラウスが眉根を寄せ表情を歪めた。そして懇願する。

「私が知ることは全てお話しいたしました。アルフォンス殿下と関係者の方々の心痛はお察しいたします。この責任は全て私にあります。どのような刑でも甘んじて受けさせていただきます。どうか、私の命をもって贖わせてください」

ニクラウスは席を立ち、跪いてひれ伏し頭を床につけた。

そのような姿を見ても何の感慨も湧かない。いくらニクラウスが命を差し出そうが、ルイーゼが戻ってくるわけではない。無責任ともとれる言葉を聞いて、カッと頭に血がのぼる。

目の前で平身低頭してその命を差し出そうとする男の襟首を左手で掴み上げ、思い切り右の拳でその頬を殴りつけた。

ニクラウスは瞼を閉じ、抵抗することなく崩れ落ちた。ニクラウスの唇に血が滲む。俺の拳にも血が滲んでいる。壁を殴ったときにでもできた傷が開いたのだろう。

「アルフォンス殿下っ！　どうか拳をお収めください！　娘のために御身を傷付けることなどあってはなりません！　どうかっ！」

そう諫めてくるテオパルトの表情が怒りと悲しみに歪んでいるのを見て、我が子を思う父親を差し置いて気持ちを逸らせてしまったことを恥じる。

テオパルトは俺と同じ、もしくはそれ以上に激しい憤りを感じているだろうに、宰相という立場ゆえにぐっと感情を押し殺し耐えていたに違いない。己の感情を律するテオパルトに免じて、振り上げていた右の拳を下ろす。

するとテレージア殿下が駆け寄ってきて、殴打されて倒れたニクラウスを背にして跪いた。そして両手を組み、強い意志を持った眼差しをこちらへ向けて懇願する。

「ニクラウスの罪は私の罪でもあります。全ては私の監督不行き届きと迂闊な行動が招いた事態。どうか私にも罪を贖わせてください。そして後生でございます。どうか彼の命だけは奪わないでいただけないでしょうか。お願いいたします……」

「……ニクラウスの罪を断じるのは私ではありません。国王陛下です。だが他国の貴族ながら首謀者であるシュレマー公爵だけは断じて許せない。どこまでも追って地獄を見せてやる」

感情を押し殺し表情を消してテレージア殿下に告げる。だが今は断罪のときではない。ルイーゼを奪還する手段を講じるのが先決だ。

一刻も早く助け出し無事な姿を目にしたい。最も深くかかわったであろうニクラウスからあらゆる情報を得たうえで、ジークベルトの協力を仰ぐ。そして絶対にこの手でルイーゼを助け出してみせると心に強く刻んだ。

外伝　君のいないお茶会

◇ルイーゼの気持ち

オーブンからバニラの甘い香りが漂ってくる。今日は休日だ。休日は半日くらい調理場の住人となる。そうしていつものように調理場を借りてお菓子作りをしていた。

なんとなくぼんやりとしていたところにオスカーから声がかけられた。

「姉上？　そのバター、もう混ぜなくてもいいんじゃないですか？」

「え……」

ふと手元のボウルを見るとバターが空気を含んで白くなっていた。すでに次の工程に進めるくらいに攪拌が済んでいる。

「あ、ほんとだ。ごめんなさい」

「どうしたんです？　今日はずっとぼんやりしてますね」

「え、そう……？」

今日はオスカーが珍しくお菓子作りの手伝いを申し出てくれた。それなのにいざ作り始めたものの、こうして何度となく声をかけられている。私としたことが大好きなお菓子作りの時間にもかかわらず、どうにも集中できていないようだ。

「もしかして殿下のことでも考えてたんですか？」

「っ……！　なんで分かったの？」

「顔に書いてありますから。すいません、力になれなくて」

しょんぼりと肩を落とすオスカーを見て申し訳ない気持ちになる。

「そんなの……。オスカーが謝ることなんて何もないわ。私こそぼんやりしてごめんなさい。さあ、続けましょう。このバターに小麦粉をふるい入れて……」

上手く笑えただろうか。オスカーは安心してくれただろうか。

フロールウサギみたいといって髪をモフモフされた日からずっとアルフォンスさまに会えていない。もしも会えたら手渡したいと思って今日はサクサククッキーを作った。今度こそ渡せるといいのだけれど。

以前オーブンを持ってきてくれたときに見た、クッキーを口にしたアルフォンスさまの美味しそうな笑顔を思い出すと胸がキュンと切なく締め付けられる。

（あのときは料理人が作ったと言ってお渡ししたのよね。私が作ったとは知らせずに）

「私が作りました」と言っていつか直接手渡せたら。美味しいと喜んでくれるアルフォンスさまの笑顔が見たい。――そんなことを考えながら作ったお菓子を、手渡す機会が訪れないまま何度となく学園から持ち帰った。

（会いたいな……。アルフォンスさまはお元気なのかしら。今度会えたら「私の作ったお菓子を囲んでオスカーと3人でお茶会はいかがですか」ってお誘いしてみようかしら）

こうしてまたオスカーに「手が止まってますよ」と突っ込まれることになるのだ。

あのルイーゼ妃の悲しい夢のことを忘れたことはなかった。あの夢が自分の未来になるかもしれないと思ったとき、絶対に回避しなければとアルフォンスさまと距離を置くことを決意した。

それなのに今こうしてアルフォンスさまを思う気持ちを優先している。我ながらなんてチョロいのだろうと呆れてしまうけれど、それでもアルフォンスさまを信じたいという気持ちが勝ってしまったのだから仕方がない。

彼女――ルイーゼ妃の、さらに先の未来になにとぞ幸せのあらんことを、と心から祈る。だからこそ私が幸せにならなければ。2人分くらい思い切り幸せになって、願わくば孤独なお妃さまに少しでも幸せを分けてあげられたらと、そう願わずにはいられないのだ。

◇アルフォンスの気持ち

勇気を振り絞って思いを伝えた挙句、好意がないとルイーゼに告げられて衝撃を受けた。ずっと好きでいてもらえるなどとどうして考えていたのだろう。あれほどルイーゼに対してつれない態度をとり続けていたのに。当然のことだと自分に言い聞かせるも胸が苦しい。

ルイーゼの答えを聞いたにもかかわらず、諦めないと宣言した気持ちに嘘はない。だが自信があったわけではない。

嫌われてさえいなければ——俺に対して恋愛感情がないだけならば、誠意をもって接すればいつか振り向いてもらえるかもしれないと。残された細い糸のような希望に縋るしかなかったのだ。

そう考えながらも途方に暮れていたある日、調理室でのジークベルトとの密談を聞いてしまったあとに、ついルイーゼを問い詰めてしまった。

今思えばなんと性急なことをしてしまったのだろうと申し訳ない気持ちがなくもない。だが真実を打ち明けられた果てにどうしても本当の気持ちを知りたくて迫った結果、思いがけない言葉を聞くことができた。

「本当は私、ずっと幼いころからアルフォンスさまのことをお慕い申し上げておりました。そして今も……その、大好きです」

その言葉を聞いたときに心の内では飛び上がるほどに嬉しかった。多少強引に詰め寄ってしまったという自責の念はあるものの、今となってはよかったと思っている。

愛しい人と気持ちが通じ合い、ようやく愛を手に入れたと思っていたのに……。


「アルフォンス。お前は王太子だ。感情よりも優先すべきは国のこと。我が国を守るためにもマインハイムとの繋がりを深めなければならないのだ」

分かるだろう？　――そう陛下に問いかけられた。そして有無を言わさずマインハイム王国の第3王女であるテレージア殿下との親交を深めるようにと命じられた。親交を深めた先にあるのは恐らくはテレージア殿下との婚約だろう。

だが俺の妻となる人は我が生涯においてただ1人だけだ。ルイーゼさえ側にいれば、俺の力などいくらでも国に捧げてやろう。だが誰になんと言われようとルイーゼのことだけは絶対に譲れない。今さら手放すことなどとてもではないが考えられない。


後日、求婚したことを陛下に報告したとルイーゼに告げた。俺の言葉を聞いて嬉しそうに微笑んだあの可愛らしい顔が忘れられない。そのあと見せた不安げな瞳が胸に焼きつき、安心させてあげたいと強く思った。

ところがあのフワフワの柔らかい髪を堪能したあの日以来、学園へ行くことを陛下によって禁じられてしまった。

（ルイーゼに会いたい。今すぐに）

この腕に抱き締めたいと、どれほど強く願っただろう。昨夜など夢にまで見てしまった。思いが募るほどに不安が大きくなる。

だが何も知らないルイーゼは俺よりも不安なのではないだろうか。オスカーにすら会えない今、こちらの現状を伝えることができていないのだから。

茶会を数日後に開くと母上から通達があった。参加するのは陛下を除く我が国の王族と、マインハイム王国からの留学生であるジークベルトとテレージア殿下だ。

ジークベルトとは先日話をする機会があり、信頼に値する男であると感じた。飄々として多少掴みどころのない性格ではあるものの、頭の回転が速いし話も合う。それに何よりも俺に対して嘘を吐かない。

「アルフォンス。君の気持ちには気付いていたよ。ルイーゼ嬢の気持ちもね。だけどもしこの先、君との縁が結ばれなかったら、そのときは彼女を僕の国に呼んでもいいかな？」

ジークベルトの言葉を聞いて頭から水を浴びたような気持ちになった。一体何を言っているのだ？　ルイーゼと結ばれない未来などあるはずがないのに。

「ジークベルト……。俺がそれを許すと思うのかい？　ルイーゼは俺の妻になる人だ。今のは聞かなかったことにするから早々にその考えを捨てるんだな」

自分でも驚くほどに冷ややかな声が出た。ルイーゼのことになるとどうにも感情のコントロールが利かない。

「まあまあ落ち着いて。そんな怖い顔しないで。まあもしもの話だよ」

ニコニコと笑いながら返すジークベルトだが、ルイーゼのことを諦めたとは思えない。

まったく油断も隙もあったものではない。気持ちを通じ合わせてからなんとなく柔らかい表情を見せるようになったルイーゼに、今もなお惹かれていく。だがそれが俺だけではないという事実に焦りが募る。

どうにかして俺の今の状況をルイーゼに伝えられないものだろうか。ようやく気持ちが通じ合ったばかりなのに不安になどさせたくはない。「安心して」と言ったことを嘘だと思われたら……。こんなことでフラれてしまったら立ち直れる気がしない。

散々考えた挙句に「必ず会いに行くから」という強い思いを込めて暗号のような手紙をオス

カー宛てに届けさせた。あの手紙を見れば、今のルイーゼならばきっと俺の真意に気付いてくれるはずだから。

数日後、予定されていた茶会が開催されることになった。王妃陛下によって開かれたこの茶会には俺の弟や妹にあたる他の王族も招かれている。我が国の王族とマインハイム王族との交流を深めることが主な目的だろう。

そんな中、頬を染めながら話しかけてきたテレージア殿下に笑顔で対応する。

「それで、もしよかったら今度このルーデンドルフの名所を案内してくださらないでしょうか？」

「……ええ、喜んで」

たとえジークベルトが同行しなくともテレージア殿下と2人きりになることはあり得ない。お互いに護衛騎士がベッタリと張りついているからだ。そう考えて承諾の意を示したのだが。

「まあ、嬉しいですわ！　なかなか2人だけでお話しする機会がなかったので楽しみです。馬で遠駆けもいいですわね！」

嬉しそうに話すテレージア殿下の表情を見て、俺に対する気持ちに気付かないほど鈍感ではない。

甘い雰囲気になどなり得ないが、案内の際には極力態度に気を付けなければと心する。気を持たせるのは本意ではないし、あまり距離を詰めさせずに交流を深めているという体裁を保たなければ。面倒臭い今の状況に思わず溜息が出そうになるのをぐっと呑みこんだ。

それにしてもテレージア殿下は馬に乗れるのか。活発な王女だとは思っていたが予想外にお転婆のようだ。友人としてなら活発な女性は嫌いではない。あまり裏表が感じられない性格のようだし好ましい人物だとは思うが。

「アルフォンス殿下……？　なんだかお元気がないようにお見受けいたしますが、どこか具合がお悪いのでは？」

「いえ、そんなことはありませんよ。今日このような機会が設けられたことを嬉しく思っています」

我ながら実に白々しい。嬉しいわけなどない。一番側にいてほしい人が今ここにいないのだから。

「そうなのですか？　アルフォンス殿下は甘いものがお好きだとお伺いしておりましたのに、このような素晴らしいお菓子が並んでいても全くお召し上がりになっていらっしゃらないようなので……」

意外に細かいところまで見られていたらしい。鋭い指摘をしてきた王女殿下に苦笑するしかなかった。

確かに目の前の贅沢な菓子の数々に対して全く食指が動かない。こんな菓子などルイーゼの手作りクッキーに比べたら……。

あの優しい甘さを享受した瞬間に体中に広がる多幸感は言葉では言い表せない。まるでルイーゼの愛情に包まれているような気がして胸が温かくなる。ルイーゼの菓子には食べた者を喜ばせたいという優しさが溢れている。

（ああ、ルイーゼのクッキーが食べたい……）

心の中でルイーゼの名を連呼していると、すぐ側でテレージア殿下との会話を聞いていたジークベルトが苦笑しながら肩を竦めた。

「テレージア。そうやってグイグイ押しすぎるとアルフォンス殿下が怖がって逃げてしまうよ。他の殿下がたともお喋りしてきたら？」

「確かに最初にご挨拶をしたきりでしたわ。私ったらすぐに視野が狭くなってしまって……。こんなことではいけませんわね。アルフォンス殿下、少しだけ失礼します。またのちほどお話ししてくださいませね」

「ええ、もちろんです」

まるですっかり忘れていたとばかりにテレージア殿下が席を離れる。その背中をジークベルトと見送りつつ、小さな溜息を吐いた。

「いい子だよ、妹は。多少押しが強いところはあるがきちんと男を立てることも弁えてる。腹芸には向いていないけどね」

そう告げるジークベルトは恐らくは俺と同類だ。腹黒さでは引けを取らないのではないだろうか。

「ああ、分かっている。テレージア殿下は素敵な女性だと思うよ」

「だが恋愛対象にはならないって？」

「……」

「フフ。案外君は表情に出るね。だが陛下がたは君がテレージアに愛情を持つことなど特に望まれてはいないだろうね」

「そうだろうな。政略的な婚姻関係ならば友人程度の信頼関係を築ければいいというお考えだろう」

全く厄介だ。かつて――幼いころに襲われたあのとき以来、女性に絶望してからは俺もそう考えていた。婚姻とは子をなす責務を果たすためだけの平坦な関係だと。愛や情熱などありはしない。まるで仕事仲間のようなものだと。

14歳のときルイーゼと再会して初恋を見失ってさらに絶望を味わった。だが今、本当のルイーゼを見つけることができた。そんな俺が政略結婚などもはや考えられるはずもなく。

「諦めないさ。ルイーゼを伴侶として迎えることができるまで決して折れたりはしない。身命を賭して貫き通す覚悟がある。彼女のいない人生など生きる意味がない」

「なるほど。アルフォンスには強い決意があるんだね。僕は君を応援するよ。テレージアは可哀想だけど気持ちなんてものは周りがどうこうできるもんじゃない。ルイーゼ嬢のことはあわよくばって気持ちがないわけじゃないけど、僕は存外君のことが好きみたいだ。できれば君とはずっと仲良くつきあっていきたいからね」

苦笑しながらそう告げるジークベルトの言葉に内心多少感動したものの。

「ルイーゼは譲れない。そして俺も君と仲よくしていきたいと思っているよ」

釘を刺しながら心からの言葉を伝えた。そんな俺の言葉を聞いてジークベルトが嬉しそうに笑った。


茶会から数日後、ようやく陛下から学園へ通う許可をもぎ取った。ところがいざ学園へとやってきたものの、付けられた護衛騎士の監視が意外にも厳しい。

陛下も「ルイーゼと2人で会うな」などとふざけたことを言うものだ。そんな命令など聞き入れるわけがない。俺にとっての最優先事項はルイーゼと会うことなのだから。

全ての授業が終わるまでルイーゼの姿を見かけることは叶わなかった。教室の場所が別の棟なので仕方がない。だが放課後となった今、ようやくルイーゼを探すチャンスが訪れた。

ルイーゼの日課であるクラブ活動が終わった直後が唯一の機会か。ルイーゼの楽しみを邪魔したくはないから、クラブの前に声をかけることは避けたい。本当は朝学園に来てすぐにでも探しに行きたかったが。

「殿下、どちらへ？」

授業が終わり教室を出た途端に護衛騎士の鋭い質問が飛んでくる。

「ちょっと図書室に寄るよ。別についてきてもいいよ。集中したいし他の学生もいるから目立たないようにしてほしいけどね」

「承知いたしました。では図書室の外で待機しております」

「できれば読書が終わるまで邪魔をしないでくれると助かるよ。他の学生のためにもね」

中までついてくると言われたらどう追い払おうかと別の策を考え始めていたが、騎士が空気を読んでくれて助かった。静寂に包まれた場に護衛騎士が立てば物々しい雰囲気に他の学生が気を散らしてしまう。この学園の図書室はある意味神聖な空間だ。とはいえその神聖さをこれから利用させてもらうのだが。

図書室内には司書が出入りする休憩室があり、その休憩室には別の廊下に面した扉がある。図書室でしばらく読書を続けたあと、ルイーゼのクラブが終わる頃合いを見計らって司書の休憩室の扉から廊下へ出た。あまり時間がない。

調理室へと急ぎルイーゼの姿を探す。目的の場所が近づくにつれ、甘い香りとバターの香りが漂ってくる。今日は何を作ったのだろうか。

階段の側を通りかかったところで蜂蜜色のフワフワとした髪が揺れているのを見つけた。

(見つけた……。ああ、ルイーゼ！　もうすぐ君に触れられる！)

逸る気持ちを抑えきれずに蜂蜜色の金髪から伸びる細い腕に手を伸ばした。

◇彼女の気持ち

初夏の、雲ひとつない突き抜けるような青空の下で見事に咲き誇る赤や白のたくさんの薔薇。それらに囲まれるように静かに佇む四阿のテーブルに並んでいるのは私の作った色とりどりのお菓子だ。

シュークリーム、チーズケーキ、アップルパイ、プリンなど。クリームパンなどの変わり種もある。そしてこの世界にルイーゼとして生まれて初めて作ったお菓子であるサクサククッキーがテーブルの真ん中に置いてある。

ずっと夢見ていた。オスカーと私と、そしてアルフォンスさまと開く3人だけのお茶会がようやく実現した。薔薇の香りに溶け込むように漂うバニラの甘い香りに頬が緩む。

アルフォンスさまが私を見て嬉しそうな微笑みを向ける。

「2人とも、今日はお招きありがとう。ルイーゼと……君たちとこうしてお茶を飲むことができるなんて……。最高に幸せな気分だよ」

「殿下。僕がいることも忘れないでくださいね。それにしても今日は一段と気合が入ってますね、姉上」

オスカーが指しているのはテーブルの上に並べられた色とりどりのお菓子のことなのか、私の縦ロールのことなのか。

「ウフフ。だってこうして3人でお茶とお菓子を囲めるなんて嬉しかったんだもの。ずっと前から実現したらいいなって思ってたのよ」

緩まる頬に手を当てるとほんのりと熱を感じる。これは美味しそうなお菓子が目の前にあるからではないと思う。きっとすぐ側に、手の届くところに大好きな人がいるから……。

私を見つめるアルフォンスさまのアメジストの瞳が優しく細められる。

「俺も嬉しいよ。心から……。これまでいろんなことがあったけど、君と無事に婚約を結ぶことができて本当によかった。こうして堂々と青空の下で婚約者として君と会えるなんて、まるで夢みたいだ」

「アルフォンスさま……」

「ああー、もう、はいはい。本当に貴方がたは……。また僕がいることを忘れてるでしょう」

もしかしてお邪魔でしたか？　――そんなオスカーの言葉が耳に入ってきて、アルフォンスさまと2人で見つめ合ってしまっていたことに気付かされた。

「そんなわけないじゃない！　こんなふうに3人でお茶会を開くのをどんなに楽しみにしていたか……」

そう慌てて取り繕う私を見てオスカーが悪戯っぽい笑みを浮かべる。恥ずかしさに、さらに頬が熱くなってくる。そんな私の様子を見てオスカーが肩を竦めながらも嬉しそうに微笑んだ。

「そろそろお茶にしましょう。このいろんなお菓子は姉上の渾身の力作なんでしょう？　甘いものはそんなに得意じゃなかったけど、姉上のだけはいくらでも食べられますよ」

なんて嬉しいことを言ってくれるのだろう、この子は。かつてオスカーとは距離があったけれど、今ではまったくそんな名残はない。

「そんなふうに言ってもらえて嬉しいわ。ありがとう、オスカー！　まだたくさん準備してるから好きなだけ召し上がってね。殿下もぜひ。お口に合うか心配ですけれど……。お城のシェフに敵うとはさすがに思えませんので。どうか無理はなさらないでくださいね」

私の言葉を聞いたアルフォンスさまが、困ったようにフッと笑う。

「ルイーゼったら何言ってるの。前にも言ったと思うけど、ルイーゼのお菓子はこの世のどんな甘いものとも比較にならないんだよ。口にすると胸が温かくなるんだ。このお菓子には君の愛情がたっぷり詰まってるから。特にあのクッキーは好きだな。素朴だけどサクサクとしてフワリと優しい甘さの……初めて食べた君の手作りのあのクッキーはひとり占めしたいくらいだよ」

「アルフォンスさまったら……」

アメジスト色の瞳に甘く優しく見つめられる。紅茶を入れようとしていた手が止まり再び見つめ合った。恐らくは呆れて苦笑しているであろうオスカーの側で今ここにある幸せをじんわりと噛み締める。

これからもいろいろなことが起こるかもしれない。苦しいことや悲しいことも。けれどアルフォンスさまと2人ならきっと乗り越えられる。そう確信して胸の中が幸せな気持ちで満たされていった。

「フフフ」

ふと漏らした笑みに、アルフォンス陛下が怪訝そうな眼差しを向けてくる。

「……どうしたのだ？　今日は随分と……。いや、何かあったのか？　ルイーゼ」

陛下に困惑したような言葉をかけられて、はっと我に返る。公務時には常に気を付けているのだけれど、取り繕うことを忘れていつの間にか素に戻ってしまっていたようだ。

今日は来週の外遊について打ち合わせをするということで、王宮のサロンにて陛下と2人でテーブルを挟んで座っていた。顔を合わせるのは実に1週間ぶりのことだというのに、このような大切な時間にもかかわらず余所ごとに心を奪われてしまうなんて。

現実に引き戻されて胸に満ちていた温かな幸福感が霧散していく。私に向けられているのはあの甘い眼差しではなく、いつもの温度のない平坦な視線……。

「いえ、申し訳ございません。大切なお話の最中だというのに……」

いつものように取り繕い笑顔で答えるも、納得がいかないとばかりに陛下が首を傾げる。

「いや、そうでなく……。何かあったのなら些細なことでも報告をしてほしいのだが」

いつになく食い下がる陛下に、他愛のないとりとめもないことで時間を使わせてしまっていいものか悩んでしまう。けれど再び胸に温かい気持ちが湧きあがって、思わず頬が緩んでしまう。そんな私を見て陛下が少しだけ目を見開いたことなど気付くわけもなく。

「昨夜……とても幸せな夢を見たのです。陛下とオスカーと3人で美味しいお茶とお菓子を囲んで楽しい時間を過ごす夢を……」

あの甘く優しい時間を思い出すと胸が温かくなる。恐らくはまだ10代の、婚約を結んだばかりと思われるあのころ。

「穏やかでいてとても幸せな気持ちになれましたの……。それを思い出してしまって……」

今朝、夢から覚めたとき、それが現実でないと悟るのにしばらく時間を要した。あの幸福な時間が夢だったのだと分かって胸が切なく締めつけられて。自ずと溢れ出してきた涙をとても抑えることなどできなかった。

実際のところ、あのころの私はアルフォンスさまのことを追いかけ回していたけれど決して振り向いてなどもらえなかった。婚約が叶ったあとも孤独なまま——幸せな気持ちで満たされることはなかった。

あの夢が現実であったならどれほどよかっただろう。そう思うと胸が苦しくて堪らなかったのだ。

朝起きたときのことを思い出して切なさが溢れるも気持ちを押し殺して微笑むと、陛下が眉根を寄せてスッと私から視線を逸らした。

「なんだ、夢の話か。君の様子があまりにもいつもと違うから何かあったのかと思ったよ。それでは打ち合わせをしようか。こちらはあまり時間がないのだ」

「承知いたしました。お時間を無駄にしてしまい申し訳ございません」

「私が尋ねたのだから気にするな。さっきはまるで昔の君を……。いや、なんでもない。すまない」

陛下がフッと微笑んで頭《かぶり》を振った。その笑みはまるで何かを諦めたかのように切なげなものに見えた。

外遊についての打ち合わせを再開したあとも、気がつけばジワリと胸に温かさが滲んでくる。あの夢はただの夢ではない。あれは、あるいは私が歩むことができた未来だったのかもしれない。たとえもはや叶わない夢だとしても……。

「フッ」

自嘲でもなんでもない。再び胸に蘇る幸せな光景に頬が緩む。しばらくはあの夢のことを思い出して幸せな気持ちに浸れそうだ。

どうか、願わくば、あの夢の中の私——まだあどけなさを残す少女に幸せな未来をと、そう願わずにはいられなかった。

あとがき

読者の皆さま、お久しぶりでございます。春野こももです。

この度は『嫌われたいの　～好色王の妃を全力で回避します～』の2巻を手に取ってくださってありがとうございます。

皆さまの熱い応援のお陰で、こうして無事に刊行することができました。ずっとお話の続きを待ってくださった読者さま、大変お待たせいたしました。

今回のお話は前巻よりも若干恋愛成分が多めで、ほんの少しだけお砂糖を増やして甘くこしらえてあります。甘いものがお好きな本作の読者さまならばご満足いただけたのではないでしょうか。

あまり多くは語りませんが、ルイーゼにはこれから多くの試練を乗り越えてもらうつもりです。もちろんアルフォンスにもです。素直で鈍感で無自覚なルイーゼと、腹黒いくせに恋愛に関してはどこか不器用なアルフォンスの、すれ違ったりすれ違わなかったりと変化していく2人の距離感をお楽しみいただけたらと思っております。

幾多の困難のあとに待ち受けているのは幸せな結婚か、はたまたルーデンドルフ王国一のお菓子屋さんか、それとも……。2人のこれからの未来を予想しながら何度も目を通してくださったらとても嬉しいです。

なお全編にわたり素敵なイラストで物語に彩りを添えてくださったイラストレーターの雪子先生、そしてコミックで魅力的な動きを与えてくださった一色真白先生に心から感謝いたします。

また本作を読者さまにお届けするためにご尽力くださった出版社さま、並びに関係者各位の皆さまにも熱くお礼申し上げます。

そして最後に、この物語が皆さまの心を温かくできることを願いつつ、お読みくださった読者の皆さまに最大級の感謝を捧げます。

２０２１年６月　春野こもも

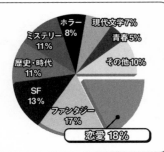

異世界でレシピ本を発行しようと思います！
iSekai Recipe Book
著：櫻井みこと
イラスト：漣ミサ
RECIPE
異世界でレシピを極めれば、
恋もハッピーエンド！
騎士団長さん、
一緒に料理を
作りませんか？
双葉社でコミカライズ決定！
喫茶店に勤務していた料理好きの琴子。自らレシピサイトを運営するほど料理にのめり込んでいたが、気付いたら異世界に迷い込んでいた。異世界で食堂を経営している老婦人に拾われると、そこで得意の料理を提供することに。あるとき、容姿端麗な騎士団長がやってきて悩みを聞くうちに、琴子はあることを決意する——。
突然の転移でも得意の料理で世界を変える、異世界レシピファンタジー。
定価1,320円（本体1,200円＋税10%）
ISBN978-4-8156-0862-0

優しい家族と、たくさんのもふもふに囲まれて。
～異世界で幸せに暮らします～
vol. 1~4
「がうがうモンスター」にてコミカライズ好評連載中！
著／ありぽん
イラスト／Tobi
もふもふたちのいる異世界は
優しさにあふれています！

小学生の高橋勇輝（ユーキ）は、ある日、不幸な事件によってこの世を去ってしまう。気づいたら神様のいる空間にいて、別の世界で新しい生活を始めることが告げられる。

「向こうでワンちゃん待っているからね」

もふもふのワンちゃん（フェンリル）と一緒に異世界転生したユーキは、ひょんなことから騎士団長の家で生活することに。

たくさんのもふもふと、優しい人々に会うユーキ。

異世界での幸せな生活が、いま始まる！


定価1,320円（本体1,200円＋税10%）　ISBN978-4-8156-0570-4

ツギクルブックス　https://books.tugikuru.jp/

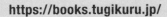

おばちゃん（？）聖女、
我が道を行く
～聖女として召喚されたけど、
お城にはとどまりません～
著 実川えむ
イラスト 那流
双葉社で
コミカライズ
決定！
異世界の旅って、
いくつに
なっても
楽しい！
病院で夫に看取られながら死ぬはずだった遠藤美佐江47歳。
気付くと、異世界に聖女として召喚されました。
神様曰く、本当は転生するはずだったようで、少女の見た目に変えてもらうことに。
見た目は12歳、中身はおばちゃん。
仕方がないので、異世界で二度目の人生を謳歌します！
おばちゃん聖女の異世界冒険ファンタジー、いま開幕！
定価1,320円（本体1,200円＋税10%）
ISBN978-4-8156-0861-3
ツギクルブックス
https://books.tugikuru.jp/

2021年7月、最新8巻発売予定！
もふもふを知らなかったら人生の半分は無駄にしていた
1~7
著／ひつじのはね
イラスト／戸部淑
冒険あり、癒しあり、笑いあり、涙あり
もふもふたちに囲まれた異世界スローライフ！
第7回ネット小説大賞受賞作！
KADOKAWA「ComicWalker」でコミカライズ好評連載中！
魂の修復のために異世界に転生したユータ。
異世界で再スタートすると、ユータの素直で可愛らしい様子に
周りの大人たちはメロメロ。
おまけに妖精たちがやってきて、魔法を教えてもらえることに。
いろんなチートを身につけて、
目指せ最強への道？？
いえいえ、目指すはもふもふたちと過ごす、
穏やかで厳しい田舎ライフです！
転生少年ともふもふが織りなす
異世界ファンタジー、開幕！
定価1,320円（本体1,200円＋税10%）
ISBN978-4-8156-0334-2
ツギクルブックス
https://books.tugikuru.jp/

悪役令嬢は旦那様と離縁がしたい！
〜好き勝手やっていたのに何故か『王太子妃の鑑』なんて呼ばれているのですが〜
著 華宮ルキ
イラスト 紫藤むらさき
双葉社でコミカライズ決定！
自由気ままにやっていた私が、王太子妃の鑑!?
目指すは離縁して田舎暮らしのはずなのに…
乙女ゲーム『キャンディと聖女と神秘の薔薇』の世界で前世の記憶を取り戻したりかこは、
気づけばヒロインと敵対する悪役令嬢アナスタシアに転生していた。
記憶が戻ったタイミングはヒロインが運悪くバッドエンドを迎えた状態で、乙女ゲームの本編は終了済み。
アナスタシアは婚約者である王太子とそのまま婚姻したものの、夫婦関係は冷めきっていた。
これ幸いとばかりに王太子との離縁を決意し、将来辺境の地で田舎暮らしを満喫することを
人生の目標に設定。しばらくは自由気ままにアナスタシアのハイスペックぶりを堪能していると、
なぜか人が寄ってきて……領地経営したり、策略や陰謀に巻き込まれたり。
さらには、今までアナスタシアに興味が薄かった王太子までちょっかいを出してくるようになり、
田舎暮らしが遠のいていくのだった——。
バッドエンド後の悪役令嬢が異世界で奮闘するハッピーファンタジー、いま開幕。
定価1,320円（本体1,200円＋税10%）　ISBN978-4-8156-0854-5
ツギクルブックス
https://books.tugikuru.jp/

転生令嬢は逃げ出した森の中、
スキルを駆使して潜伏生活を満喫する
1~2
著 灰羽アリス
イラスト 麻先みち
「がうがうモンスター」でコミカライズ好評連載中!
危険な森でも快適生活!
黒髪黒目の不吉な容姿と、魔法が使えないことを理由に虐げられていたララ。
14 歳のある日、自殺未遂を起こしたことをきっかけに前世の記憶を思い出し、
6 歳の異母弟と共に家から逃げ出すことを決意する。
思わぬところで最強の護衛（もふもふ）を得つつ、
逃げ出した森の中で潜伏生活がスタート。
世間知らずでか弱い姉弟にとって、森での生活はかなり過酷……なはずが、
手に入れた『スキル』のおかげで快適な潜伏生活を満喫することに。
もふもふと姉弟による異世界森の中ファンタジー、いま開幕!
定価1,320円（本体1,200円＋税10%） ISBN978-4-8156-0594-0
ツギクルブックス
https://books.tugikuru.jp/

転生したけどチート能力を使わないで生きてみる
著✦大邦将人
イラスト✦碧 風羽
チート能力やるから使えよって、
そんなうまい話にのるかっ!
「がうがうモンスター」でコミカライズ好評連載中!
神様からチート能力を授かった状態で大貴族の三男に異世界転生したアルフレードは、
ここが異世界転生した人物（使徒）を徹底的に利用しつくす世界だと気づく。
世の中に利用されることを回避したいアルフレードは、
チート能力があることを隠して生活していくことを決意。
使徒認定試験も無事クリア（落ちた）し、使徒巡礼の旅に出ると、
そこでこの世界の仕組みや使途に関する謎が徐々に明らかになっていく――。
テンプレ無視の異世界ファンタジー、ここに開幕!

規格外の旦那様と辺境ライフはじめます!!!!

卒業パーティーで王太子アレファルドは、
自身の婚約者であるエラーナを突き飛ばす。
その場で婚約破棄された彼女へ手を差し伸べたのが運の尽き。
翌日には彼女と共に国外追放＆諸事情により交際0日結婚。
追放先の隣国で、のんびり牧場スローライフ！
……と、思ったけれど、どうやら彼女はちょっと変わった裏事情持ちらしい。
これは、そんな彼女の夫になった、ちょっと不運で最高に幸福な俺の話。

定価1,320円（本体1,200円＋税10％）　ISBN978-4-8156-0356-4

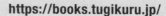

逆行した悪役令嬢は、
なぜか魔力を失ったので
深窓の令嬢になります
「ComicWalker」にて
コミカライズ好評連載中！
1～2
著 蒼伊
イラスト RAHWIA
魔力がなくても精霊と一緒に
未来を変えます！
魔力の高さから王太子の婚約者となるも、聖女の出現により
その座を奪われることを恐れたラシェル。
聖女に悪逆非道な行いをしたことで婚約破棄されて修道院送りとなり、
修道院へ向かう道中で賊に襲われてしまう。
死んだと思ったラシェルが目覚めると、なぜか３年前に戻っていた。
ほとんどの魔力を失い、ベッドから起き上がれないほどの
病弱な体になってしまったラシェル。悪役令嬢回避のため、
これ幸いと今度はこちらから婚約破棄しようとするが、
なぜか王太子が拒否!?　ラシェルの運命は――。
悪役令嬢が精霊と共に未来を変える、異世界ハッピーファンタジー。
定価1,320円（本体1,200円＋税10%）
ISBN978-4-8156-0572-8
ツギクルブックス
https://books.tugikuru.jp/

ツギクルブックス

読者アンケートに回答してカバーイラストをダウンロード！


読者アンケートや本書に関するご意見、春野こもも先生、雪子先生へのファンレターは、下記のURLまたは右のQRコードよりアクセスしてください。

アンケートにご回答いただくとカバーイラストの画像データがダウンロードできますので、壁紙などでご使用ください。

https://books.tugikuru.jp/q/202106/kirawaretaino2.html

嫌《きら》われたいの２　～好色王《こうしょくおう》の妃《きさき》を全力《ぜんりょく》で回避《かいひ》します～

2021年6月25日　初版第1刷発行

著者　春野《はるの》こもも

発行人　宇草 亮
発行所　ツギクル株式会社
〒106-0032　東京都港区六本木2-4-5
TEL 03-5549-1184
発売元　SBクリエイティブ株式会社
〒106-0032　東京都港区六本木2-4-5
TEL 03-5549-1201

イラスト　雪子
装丁　株式会社エストール

印刷・製本　中央精版印刷株式会社

定価はカバーに表示してあります。

乱丁本、落丁本はお取り替えいたします。

ISBN978-4-8156-1045-6
Printed in Japan